Bianca

Sara Craven
Corazón rebelde

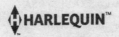

HARLEQUIN

Editado por HARLEQUIN IBÉRICA, S.A.
Núñez de Balboa, 56
28001 Madrid

© 2003 Sara Craven
© 2014 Harlequin Ibérica, S.A.
Corazón rebelde, n.º 2299 - 26.3.14
Título original: The Bedroom Barter
Publicada originalmente por Mills & Boon®, Ltd., Londres.
Este título fue publicado originalmente en español en 2004

I.S.B.N.: 978-84-687-3956-4
Depósito legal: M-36171-2013
Editor responsable: Luis Pugni
Fotomecánica: M.T. Color & Diseño, S.L. Las Rozas (Madrid)
Impresión en Black print CPI (Barcelona)
Fecha impresion para Argentina: 22.9.14
Distribuidor exclusivo para España: LOGISTA
Distribuidor para México: CODIPLYRSA
Distribuidores para Argentina: interior, BERTRAN, S.A.C. Vélez
Sársfield, 1950. Cap. Fed./ Buenos Aires y Gran Buenos Aires,
VACCARO SÁNCHEZ y Cía, S.A.

Capítulo 1

EL muelle estaba abarrotado de gente. El ambiente, que apestaba a alcohol, a sudor y a comida grasienta, era animado por la música que salía de los locales. La gente formaba grupos ruidosos en aquella agobiante y húmeda noche caribeña.

Era como un polvorín que solo necesitaba una mecha para estallar, pensó Ash Brennan.

Se movía despacio, pero con un claro propósito; su mirada azul pasando por encima de los carteles de neón que anunciaban alcohol y mujeres, sin prestar atención a las miradas de las chicas apostadas en las puertas de los locales, algunas invitadoras, otras suspicaces.

Solo estaba a un kilómetro del puerto de San Martino, donde los millonarios atracaban sus yates y donde estaban localizados los casinos y los restaurantes de lujo. Pero era como si estuviese a mil kilómetros de distancia. Si un turista se acercaba por allí tendría que salir corriendo y arriesgarse a que le quitaran la cartera... o algo mucho peor.

Ash intentaba pasar desapercibido. Su pelo rubio oscuro rozaba el cuello de la vieja camisa azul, con dos botones desabrochados que mostraban un torso bronceado. Los pantalones de color caqui eran más viejos que la camisa, como las zapatillas de deporte, y el barato reloj que llevaba en la muñeca.

Pero su altura y la anchura de sus hombros delataban a un hombre que sabía cuidar de sí mismo.

Parecía uno de los trabajadores del muelle en busca de diversión y, aquella noche, había elegido el local de Mama Rita. Sin mirar las fotografías de chicas medio desnudas que había en la puerta, bajó los escalones que llevaban al bar y miró alrededor. El típico bar con una barra de madera, mesas con grupos de hombres u hombres solitarios y un pequeño escenario con una barra vertical donde las chicas hacían sus numeritos.

El ambiente estaba cargado de humo y olía a alcohol barato pero, aparte de las notas de un piano que tocaba un hombre de aspecto más bien triste, apenas había ruido. Los clientes estaban concentrados en sus copas, esperando la diversión.

Esperando a las chicas, pensó Ash.

A la entrada había una mujer gordísima enfundada en un vestido de lentejuelas, que lo miraba con una sonrisa de hastío en los labios.

Mama Rita, seguramente.

—Tiene que pagar, querido.

—Solo quiero tomar una copa, Mama Rita, no comprar el local.

—Tome una copa de champán con una de las chicas, hombre.

–Prefiero una cerveza. Y no sé si me apetece compañía.

Ella se encogió de hombros.

–Lo que usted quiera –dijo, chascando los dedos–. Manuel, busca una buena mesa para este hombre tan guapo.

Manuel, un camarero alto y moreno, iba a llevarlo hacia las mesas más cercanas al escenario, pero Ash lo detuvo.

–Prefiero sentarme aquí –dijo, señalando una mesa al fondo.

–Como quiera. ¿Qué va a tomar?

–Una cerveza.

Le habían dicho que Mama Rita tenía las mejores chicas de San Martino y parecía ser cierto. Algunas de ellas estaban sentadas con los clientes, intentando que la cuenta subiera hasta proporciones astronómicas. Otras estaban alrededor de la barra.

Ash encendió un cigarrillo y tiró la caja de cerillas vacía al cenicero.

Todas eran chicas jóvenes y la mayoría guapas. Ash distinguió a un par de norteamericanas, alguna europea y varias sudamericanas, que elegían aquel tipo de vida como alternativa a un matrimonio temprano y una caterva de hijos. Pero él no estaba allí para sentir compasión. No podía permitírselo.

–¿Ve algo que le guste, señor? –preguntó Manuel, volviendo con su cerveza.

–Aún no –contestó él–. Cuando lo vea, te lo diré.

El camarero se encogió de hombros.

–Lo que usted diga –murmuró, señalando una cortina de cuentas de vidrio–. Tenemos habitaciones privadas donde una chica puede bailar solo para usted. Puedo arreglarlo... por un buen precio, naturalmente.

–Lo tendré en cuenta –murmuró Ash, mirando al pianista que, a pesar de la indiferencia de los parroquianos, seguía haciendo su trabajo.

«Espero que la vieja de la puerta te pague bien, amigo», pensó, apagando el cigarrillo.

Entonces el pianista tocó una nota vibrante y una chica apareció desde el otro lado de la cortina. Un murmullo recorrió el bar. Los predadores habían olido su presa, pensó Ash con desagrado.

Era una rubia de mediana estatura, a pesar de los tacones. Llevaba un vestido negro cortísimo con escote palabra de honor que mostraba el nacimiento de sus pechos. La tela terminaba a mitad de los muslos y daba la impresión de que debajo no llevaba nada.

Pero no se subió al escenario. Mirando al suelo, como si no oyera los silbidos, se apoyó en el piano mientras el pianista tocaba las notas de *Killing me softly*.

Tenía una cara preciosa. En contraste con la cascada de pelo rubio, sus cejas y sus pestañas eran negras, rodeando unos ojos tan verdes como los de un gato. Tenía unos pómulos exquisitos y llevaba los labios pintados de rojo.

Y parecía muerta de miedo.

Lo había sabido desde que la vio entrar. Había notado su miedo como una mano fría en el hombro. Parecía un animalillo acorralado.

Pero no había miedo en su voz cuando empezó a cantar. Tenía una voz ronca, sexy, la clase de voz que un hombre querría oír en la cama, pensó.

El público la escuchaba, pero no estaban atentos a la canción. Aunque tenía una voz preciosa, era el provocativo vestido lo que despertaba su deseo. Seguramente no podían creer que solo ofreciese música. Las demás chicas se quitaban la ropa, ¿por qué no iba a hacerlo ella?

Después de *Killing me softly*, cantó *Someone to watch over me*. Ya no miraba al suelo. Había levantado la cabeza y parecía mirar más allá de la puerta, más allá del muelle.

Y en ese momento, cuando terminó la canción, sus ojos se encontraron. Ash no podía apartar la mirada y también ella parecía incapaz.

«Ahora sé para qué he venido aquí esta noche», pensó.

La chica inclinó la cabeza para recibir el aplauso y desapareció detrás de la cortina. Ash esperó para ver si lo miraba, pero no lo hizo. Sencillamente desapareció, seguida de silbidos y gritos groseros.

Ash terminó su cerveza y se levantó. Mama Rita sonrió al verlo.

—¿Quiere algo, querido?

—Quiero a la cantante.

—¿Para tomar una copa con ella?

—Eso es. Pero en una de las habitaciones privadas. Quiero que baile solo para mí.

La mujer soltó una carcajada.

—Es una chica nueva y sigue aprendiendo, corazón. Y puede que la esté reservando para un cliente rico. Usted no podría pagarla.

–Sí puedo –dijo Ash.

–¿Para qué quiere gastarse todo su dinero? Elija otra chica. Hay muchas.

–No, quiero a la cantante. Pagaré lo que me diga.

–¿De verdad tiene dinero? –preguntó ella, incrédula.

–Lo tengo –contestó Ash, sacando unos billetes de la cartera–. Y sé lo que quiero.

–Esto es para mí. Mi comisión. Pero tiene que pagarle a ella también. Lo que le diga, hasta donde ella llegue –sonrió Mama Rita–. Usted es un hombre muy guapo, querido. Dígale lo que quiere.

–Lo haré –murmuró Ash–. ¿Cómo se llama?

Mama Rita se guardó el dinero en el escote.

–Micaela. Tómese otra cerveza, yo voy a decirle que ha tenido suerte.

«Espero que ella lo crea también», pensó Ash. Pero eso estaba en manos de los dioses. Como tantas otras cosas.

Chellie se dejó caer en un taburete, agarrándose a la mesa hasta que se le pasó el temblor. Llevaba casi un mes cantando en el bar y debería estar acostumbrada. Pero no lo estaba y quizá no lo estaría nunca.

Era el rostro de los hombres... los ojos ansiosos devorándola, lo que no podía soportar. Las cosas que le decían y que, afortunadamente, no entendía bien.

–¿Cómo lo soportas? –le había preguntado a Jacinta, una de las bailarinas de Mama Rita y la única que era amable con ella.

Jacinta se encogió de hombros.

–No los veo. Sonrío, pero no veo a nadie. Pienso en mis cosas, es mejor así.

Parecía un buen consejo y Chellie lo había seguido. Hasta aquella noche cuando, contra su voluntad, sus ojos se clavaron inexorablemente en el rostro de un hombre. Estaba sentado en la parte de atrás, aunque la mayoría de ellos solía sentarse cerca del escenario y gritar como lobos cuando salía una chica.

Pero no era eso solo lo que lo diferenciaba de los demás.

Para empezar, tenía aspecto europeo y al bar no iban muchos europeos.

Además, era un hombre guapísimo. Pero tenía un aspecto duro, implacable. Tanto que había tenido que mirarlo.

¿Por qué habría ido a un sitio como Mama Rita?

Su experiencia con los hombres era muy limitada, pero el instinto le decía que no era la clase de hombre que tiene que pagar para conseguir placer.

Entonces dejó escapar un suspiro. Las cosas tenían que irle muy mal para pensar en un cliente.

Y las cosas le iban mal, fatal. Su vida se había convertido en una pesadilla, pensó mientras se quitaba la odiosa peluca rubia y se pasaba la mano por el corto pelo oscuro.

A Mama Rita no le hacía gracia que actuase

sin peluca porque las morenas no eran una novedad en aquella parte del mundo. Los hombres que iban al bar querían rubias de piel blanca.

Entonces le pareció una pequeña concesión y estaba tan desesperada y tan agradecida por tener un sitio donde dormir y ganar algo de dinero que seguramente habría aceptado cualquier cosa. Especialmente porque le daba la oportunidad de cantar. Pensó que era el final del desastre en que se había convertido su vida, pero solo fue el principio.

No se quedaría mucho tiempo en el bar, había pensado. Pronto tendría dinero para irse de allí.

Pero no fue así. El dinero que Mama Rita le ofreció le había parecido razonable, pero después de pagar el alquiler de la habitación, llena de cucarachas, la comida, los provocativos vestidos con los que tenía que salir a cantar y al pianista, apenas le quedaba un céntimo.

Y lo peor de todo era que Mama Rita se había quedado con su pasaporte, convirtiéndola así en su prisionera.

La trampa se había abierto y ella había entrado de cabeza.

Siempre existía la posibilidad de ganar más dinero, claro; Mama Rita se lo había dejado claro desde el principio. Podría sentarse con los clientes para incitarlos a beber. Pero, además de que la posibilidad le hacía sentir náuseas, Jacinta le advirtió que no lo hiciese.

—Ganarías más dinero, pero... un día te sientas con un cliente, otro día te quitas la ropa y luego... Porque no se sale de aquí hasta que lo decide

Mama Rita. Y ella elige dónde y cuándo te vas. Y tú aún no has cumplido tu condena –suspiró Jacinta–. Hay sitios peores que este, créeme. Y no intentes escapar porque te encontraría y lo pasarías mucho peor de lo que crees.

Chellie no creía poder pasarlo peor. Aquello era irreal.

Suspirando, se levantó y buscó un vestido para la segunda actuación. Al principio sacaba vestidos de noche, pero Mama Rita decidió que eran demasiado serios y se vio obligada a ponerse un atuendo parecido al que llevaban las otras chicas.

Se mordió los labios al ver el que la jefa había elegido para esa noche: una minifalda de cuero negro apenas más grande que un cinturón y un top sin mangas de lentejuelas del mismo tamaño. Era como no llevar nada, pero eso era precisamente lo que Mama Rita quería.

Tenía que salir de allí, se dijo. Y a partir de aquel momento no confiaría en nadie, y menos aún en los hombres...

Sintió un escalofrío al recordar a Ramón. Intentaba no pensar en él pero, aunque apenas podía recordar su cara o su voz, eso no era siempre posible. Un día olvidaría lo que pasó, se dijo a sí misma; incluso la ilusión de haber estado enamorada de él.

Lo que había ocurrido entre ellos le parecía remoto, como si le hubiera pasado a otra persona en otra vida.

Pero no era así, claro. Y por eso se encontró en la calle, sin dinero, sin nada, y metida en aquel agujero.

Era humillante recordar los pasos que la habían llevado allí, pero... después de todo, necesitaba escapar de su vida en Inglaterra y del futuro que habían planeado inexorablemente para ella. Era una pena que, por culpa de Ramón, hubiera ido de la sartén al cazo.

Pero sobreviviría, se dijo, con renovada determinación.

Cuando iba a quitarse el vestido se abrió la cortina y Lina, una de las camareras, asomó la cabeza.

—Mama Rita quiere verte en su oficina. Ahora.

Chellie frunció el ceño. Era la primera vez que la llamaba a su oficina en horas de trabajo. Normalmente llamaba a las chicas cuando no se comportaban. Incluso había visto alguna con sangre en la cara después de un encuentro con ella.

Sabiendo que las bailarinas y las camareras conocían todos los cotilleos, le preguntó:

—¿Sabes para qué?

Los ojos de Lina brillaron.

—A lo mejor vas a empezar a trabajar como las demás, guapa.

—Yo trabajo... como cantante.

—¿Ah, sí? Pues a lo mejor eso va a cambiar. Parece que un tipo quiere «conocerte mejor».

Chellie se quedó pálida.

—No. Eso no es posible.

—Habla con Mama Rita —contestó ella, encogiéndose de hombros—. Y no la hagas esperar.

La oficina estaba en el primer piso, al que había que subir por una escalera de hierro. Chellie subió con el corazón encogido. Aquello no podía pasar. Mama Rita le había dicho que había muchas chicas disponibles en el local y que nunca la presionaría para que hiciese nada.

Y Chellie la creyó. De hecho, contaba con ello.

Al llegar arriba se encontró con Manuel. Desde que empezó a trabajar en el local, Manuel intentaba acorralarla, manosearla siempre que podía... Y desde el primer día Chellie colocaba una silla bajo el picaporte cuando se iba a dormir. Afortunadamente, porque esa primera noche oyó ruido en el pasillo y vio cómo alguien intentaba abrir la puerta.

Pero no podía quejarse a Mama Rita porque las otras chicas decían que era su sobrino... algunas incluso que era su hijo.

–Hola, guapa –la saludó él, con una de sus desagradables sonrisas.

–Buenas noches –dijo Chellie, sin mirarlo.

–Qué orgullosa eres. Demasiado buena para el pobre Manuel, ¿no? A lo mejor mañana cambias de opinión... y cantas para mí.

–Espera sentado –replicó ella, abriendo la puerta del despacho.

Mama Rita estaba sentada en su escritorio, delante del ordenador.

–Entra, querida –dijo, con una sonrisa de oreja a oreja–. Hoy has tenido mucho éxito. A uno de los clientes le has gustado tanto que quiere una función privada.

El corazón de Chellie dio un vuelco.

–¿Alguna canción en particular?

–¿Una canción? No, no es eso. Quiere que bailes para él.

–Yo no bailo –contestó ella, angustiada–. No lo he hecho nunca. No sé bailar...

–Has visto a las otras y no hace falta que hagas *El lago de los cisnes*. Tienes un buen cuerpo, úsalo.

–Pero usted me contrató como cantante. Ese era el trato...

Mama Rita soltó una carcajada.

–Sí, pero los términos han cambiado.

–Entonces está rompiendo el contrato y eso me da derecho a marcharme –replicó Chellie, escondiendo las manos para que no viera que le temblaban–. Si me da el pasaporte, me iré inmediatamente.

–¿Crees que es tan sencillo? Estás soñando, hija.

–No entiendo por qué es tan complicado. Legalmente, ha roto usted el contrato al cambiar las condiciones sin consultarme.

–Este es mi local y yo hago las leyes aquí –replicó su jefa–. Y tú no vas a ninguna parte. Tengo tu pasaporte y pienso quedármelo hasta que pagues tus deudas.

–Pero el alquiler... todo lo pago con antelación.

Mama Rita dejó escapar un suspiro.

–No todo, chica. Está la factura del médico...

–¿Qué factura? ¿De qué está hablando?

–Tienes poca memoria. Cuando llegaste aquí, llamé a un médico para comprobar si tenías neumonía.

Chellie hizo una mueca al recordar al hombre grueso de apestoso aliento a alcohol que la reconoció.

–Me acuerdo. ¿Y qué?

–Esto es lo que le debes –contestó Mama Rita sacando una factura.

Chellie tomó el papel y tuvo que contener un grito.

–Pero no puede ser. No puede cobrar esta cantidad. Estuvo conmigo cinco minutos, no me recetó nada... además, estaba borracho, usted lo sabe.

–Lo único que sé es que tú estabas enferma y necesitabas un médico. Y que Pedro Álvarez es un buen profesional. Y muy discreto –sonrió Mama Rita–. Deberías agradecérmelo. No puedes marcharte debiéndome dinero, chica. Y ese hombre que quiere verte en privado tiene dinero. Es muy guapo, por cierto. Sé agradable con él... y puedes ganar lo que quieras esta noche.

–No –dijo Chellie sacudiendo la cabeza violentamente–. No lo haré. No puede obligarme.

–¿No? –los pequeños ojos de Mama Rita brillaron entonces, malevolentes–. He sido muy paciente contigo, pero se acabó. Harás lo que yo te diga, ¿entendido? A lo mejor te entrego antes a Manuel para que te enseñe a ser agradecida. ¿Te gustaría eso?

–No –dijo Chellie, casi sin voz–. No.

–O te mando al local de mi amiga Consuelo. Y ella no quiere chicas que bailen.

Oh, no, eso no, pensó Chellie, con un nudo en la garganta. Había oído hablar a las chicas de ese local...

–No, por favor.

–Muy bien. Empiezas a entrar en razón. Lina te llevará a la habitación. Él irá enseguida.

Lina, que estaba esperando fuera, la recibió con una desagradable sonrisa.

–Bienvenida al mundo real, guapa. Después de esta noche, puede que no nos mires a todas por encima del hombro.

–Yo no... –empezó a protestar Chellie, pero no tenía sentido. Además, le dolía la cabeza, estaba mareada.

–Oye, no irás a desmayarte, ¿verdad? A Mama Rita no le haría ninguna gracia.

–No te preocupes, intentaré mantenerme consciente.

–¿Qué te pasa? –preguntó Lina, abriendo una puerta al final del pasillo–. Tú sabías que esto no era un albergue de caridad. ¿Por qué viniste aquí?

Chellie miró alrededor, sintiendo un escalofrío en la espalda. La habitación era muy pequeña y en ella solo había un enorme sofá lleno de cojines y una mesita con una botella de champán y dos copas. Como música de fondo, un ritmo latino suave y supuestamente romántico.

–Yo no elegí venir aquí. Me robaron y fui a denunciarlo a la comisaría... Uno de los policías me dijo que encontraría un sitio seguro para mí hasta que encontrasen el dinero... y me trajo aquí.

–Ah, ya –Lina se encogió de hombros–. Así es como Mama Rita consigue a la mayoría de las chicas. Paga a la policía para que le manden a los despojos que acaban en la playa.

–Gracias –replicó Chellie, mordiéndose los labios.

–De nada –dijo su compañera, encogiéndose

de hombros–. Oye, mira, no es para tanto. Sonríe y haz como si lo pasaras bien. No es tu primera vez, ¿no?

–No –contestó ella, intentando no recordar aquellas noches humillantes con Ramón. Entonces pensó que no podía pasarle nada peor. Qué equivocada estaba.

–Debajo de la mesita hay un botón... por si pasa algo. Pero no lo aprietes a menos que necesites ayuda de verdad o Manuel se enfadará. Y es mejor no enfadarlo, es muy mala gente. En fin, buena suerte.

Todas las paredes estaban tapadas con cortinas, de modo que era imposible saber dónde estaba la ventana... si había una. Y sabía, además, que estaría cerrada.

Pero necesitaba aire fresco. Chellie empezó a levantar cortinas, pero solo encontró paredes detrás... Y en ese momento se dio cuenta de que no estaba sola.

No había oído la puerta y la moqueta debió ahogar el ruido de sus pasos. Sin embargo, allí estaba, esperándola.

Nerviosa, soltó la cortina y se volvió muy despacio.

Era él, el hombre al que había mirado mientras cantaba. El hombre guapo de nariz recta y ojos azules. El hombre que no parecía de los que aceptan un «no» como respuesta.

Estaba sentado en el sofá, aparentemente cómodo. Incluso sonreía.

Chellie se sentía más asustada que nunca en toda su vida; le temblaba todo el cuerpo y sentía náuseas, pero por un momento la emoción primordial fue la decepción.

Pensaba que aquel hombre había entrado en el local por casualidad, pero se había equivocado. Era como todos los demás.

–Buenas noches, Micaela.

Ella, con un nudo en la garganta, se limitó a saludar con la cabeza.

Micaela, ese era su nombre en el local. Y su escudo. Si pudiera esconderse tras él quizá podría creer que nada de aquello le estaba pasando, que era otra persona, como hacía cuando estaba cantando. Y así podría... soportarlo.

Él se quedó callado un momento, mirándola de arriba abajo tan despacio, que quitarse la ropa era casi innecesario.

Bajo la frágil tela del vestido, Chellie sintió un escalofrío. Sabía que debía sonreír, pero era incapaz.

Aunque aquello no era lo peor que podía pasarle y lo sabía. Fuera de la habitación estaba la amenaza de Manuel, de Consuelo y todos los horrores que eso implicaba.

«Tengo que hacerlo, no me queda más remedio...»

–¿No deberías ofrecerme algo de beber? –preguntó él entonces.

–Ah, sí –murmuró ella, acercándose a la mesa–. ¿Quiere una copa de champán?

En su cabeza oía la voz de otra chica, la secretaria de su padre, siempre intentando hacer que todo el mundo quedase contento. Una chica a la que había querido dejar atrás.

«Cuidado con lo que deseas porque puede convertirse en realidad», recordó entonces.

–Yo no, pero parece que tú sí necesitas una –dijo él.

Chellie se detuvo, insegura. Una de las reglas del club era que el cliente debía beber, pero no las camareras.

–Yo... no tengo sed.

–Yo tampoco. ¿Ves como ya tenemos algo en común? –sonrió él, sin dejar de mirarla–. Ya sé que sabes cantar. ¿No deberías mostrarme tus otras habilidades? –añadió, echándose hacia atrás en el sofá, dispuesto a pasarlo bien–. Ahora mismo.

No era una petición, era una orden.

Chellie se colocó frente a él, pero a cierta distancia. Entonces, lentamente, empezó a moverse al ritmo de la música.

Capítulo 2

NO le había contado la verdad a Mama Rita cuando le dijo que no sabía bailar. Porque el baile había sido una de sus pasiones en aquella otra vida suya, tan lejana.

Luego empezó a ir a discotecas, perdiéndose en el ruido, en la gente, en el sonido frenético de la música. Era como una liberación, un contraste con la frustración de su abortada carrera como cantante... y de todas las limitaciones que imponía ser la hija de su padre.

Pero aquella no era la misma música. La que oía en aquel momento era lenta, infinitamente seductora. No servía para olvidar, todo lo contrario: servía para incitar a un hombre, para hacerlo abrir la cartera y pagar por cada nueva revelación.

Y eso era lo que Chellie tenía que hacer para sobrevivir.

Intentó desesperadamente sonreír, olvidarse de todo, levantar una barricada mental para no ver al hombre que tenía frente a ella.

«No soy yo», se repetía a sí misma. Es Micaela y ella no existe, de modo que nada puede hacerle daño.

Aunque la mirada azul de su cliente no contenía lascivia, ni siquiera demasiado interés. Él también parecía estar pensando en otra cosa.

Pero había pedido verla a ella expresamente, se dijo. ¿Por qué no la miraba? ¿Le estaría aburriendo? Tenía que hacerlo bien, se dijo, o Mama Rita la haría sufrir.

Chellie empezó a mover las caderas con deliberada sensualidad, incluso levantando un poquito la falda del vestido para dejarla caer después. Vio entonces que él enarcaba las cejas, levemente interesado.

–¿Por qué no te acercas un poco más? ¿O eso cuesta una cantidad extra?

Ella negó con la cabeza.

–No te asustes. No muerdo, a menos que se me pida. Además, creo que las reglas dicen que puedo mirar, pero no tocar.

¿Reglas? ¿En un lugar como aquel? ¿Estaba loco o era un ingenuo?, se preguntó Chellie.

–Sin tu permiso, quiero decir –añadió él entonces, como si hubiera leído sus pensamientos–. Y admito que no creo que vayas a dármelo –añadió, sacando otro billete de la cartera–. Quizá esto te ablande un poco el corazón, ¿eh? Para animar un poco el numerito y no desperdiciar la noche.

En otras palabras, la estaba animando a que se quitara el vestido.

A Chellie se le encogió el estómago al pensar en lo poco que llevaba debajo. No llevaba sujetador y la braguita era un tanga. Que, sin duda, él también querría que se quitase.

Se le ocurrió entonces que aquel hombre sería

el segundo en verla desnuda. El primero, por supuesto, había sido Ramón, pero él tenía demasiado prisa como para prestar atención.

Tembló al recordar cómo la había tirado sobre la cama, el peso de su cuerpo aplastándola contra el colchón, las dolorosas embestidas que pensó no iban a terminar nunca.

Iba a tener que soportar todo eso de nuevo. Con un completo desconocido...

—Estoy esperando, Micaela.

Si antes parecía desinteresado, en aquel momento le estaba prestando toda su atención, los ojos azules implacables, casi analíticos, como si la estuviera observando a través de un microscopio.

Chellie se colocó delante de él. Se movía a ciegas, automáticamente, mientras su mente era un caos.

«Que esto no me esté pasando a mí. Que pase pronto», rezaba.

La cremallera del vestido estaba a un lado. Una vez que empezase a bajarla, el vestido caería y, después, no podría echarse atrás.

Con dedos temblorosos desabrochó el corchete y después buscó la lengüeta de la cremallera.

Pero se detuvo, rebelándose de repente contra lo que la obligaban a hacer.

—No puedo. Lo siento, pero no puedo hacerlo.

Entonces se dejó caer sobre la moqueta y se cubrió la cara con las manos. Esperaba una reacción violenta del hombre. O podría llamar a Mama Rita... incluso a Manuel.

Sin embargo, le daba igual. Pasara lo que pasara, sabía que no podía desnudarse delante de aquel hombre, ni de ningún otro.

Ni pensaba permitirle ninguna intimidad. Sencillamente, era incapaz.

Prefería morirse.

Aunque la muerte podría no ser lo peor.

El silencio en la habitación se alargó durante lo que le pareció una eternidad. Quizá había salido tan silenciosamente como entró... para ir a quejarse a Mama Rita.

Pero cuando levantó la mirada él seguía allí, en el sofá, aparentemente tranquilo.

–¿Has pensado en cambiar de trabajo? Porque no pareces muy aficionada a esto.

Chellie consiguió levantarse.

–No se ría de mí. No se atreva a reírse...

Él se levantó también. Era alto, muy alto. Incluso con tacones, Chellie tenía que levantar la cabeza para mirarlo.

–Tienes razón. Esto no es ninguna broma. Siéntate –dijo, señalando el sofá.

–No –replicó ella, dando un paso atrás.

–Haz lo que te digo –insistió el hombre, sacando una petaca del bolsillo–. Toma un trago, te hace falta.

–¿Qué es?

–Brandy. Mucho mejor que el champán, seguramente drogado, que me ha traído tu jefa.

Ella negó con la cabeza.

–Un trago de brandy no solucionará mis problemas. Será mejor que... me marche. ¿Quiere que le mande a otra de las chicas?

–Si fuera así, habría elegido a otra. Pero te he elegido a ti.

–Lo sé –murmuró Chellie–. Y lo siento. Pensé que podía hacerlo...

–Por un momento, también yo lo pensé. Pero no te preocupes, podré sobrevivir a la desilusión.

–¿Sabía que esto iba a pasar?

–Claro –se encogió él de hombros–. Siéntate y toma un trago de brandy.

Chellie obedeció, confusa. ¿Qué estaba pasando? ¿Por qué no insistía para que se quitara la ropa?

El brandy era muy fuerte y tosió un poco al dar el primer trago, pero la reconfortó por dentro.

–Gracias.

–De nada –suspiró él, sentándose al otro lado del sofá, creando deliberadamente cierta distancia entre ellos–. Dime una cosa... ¿tú crees que hay micrófonos?

–¿Cómo?

–¿Mama Rita usa cámaras, micrófonos, para espiar a sus clientes?

Chellie negó con la cabeza.

–Creo que no. Las otras chicas me lo habrían dicho.

–Bien –dijo el extraño, sin dejar de mirarla.

Chellie tiraba de su falda, intentando taparse los muslos, pero era imposible.

–¿Por qué me mira así?

–Porque he pagado por ello. De modo que debo aprovechar el tiempo que me queda.

–¿Eso es todo lo que quiere?

–Tendrá que bastar. A menos, claro, que quieras quitarte algo para mí.

Ella dejó escapar un suspiro.

–Debería haberlo sabido. Para eso me ha dado el brandy, ¿no? Para que me desnude.

–En realidad, lo que me gustaría es que te quitases esa horrible peluca. ¿O vas a decirme que es tu pelo?

–No, claro que no. Pero Mama Rita insiste en que me la ponga –contestó, quitándose la peluca y pasando una mano temblorosa por su pelo.

–Ah, así estás mucho mejor.

Chellie se puso colorada, pero no dijo nada.

Seguía sin confiar en él. Quizá solo le estaba dando una falsa sensación de seguridad... No podía relajarse.

–Estás muy tensa –dijo él entonces, confirmando sus sospechas.

–¿Le sorprende?

–No. Lo que me sorprende es que hayas acabado en este agujero. Supongo que dirás que no es asunto mío, pero como elección profesional me parece nefasta.

–¿Elección? –repitió ella, incrédula–. ¿Está loco? ¿De verdad cree que si hubiera podido elegir habría acabado aquí por decisión propia?

–¿Y por qué no te vas?

–Porque no puedo –contestó Chellie, apartando la mirada–. No tengo dinero, ni pasaporte...

–¿Te lo robaron?

–Mama Rita se quedó con mi pasaporte y... otra persona me robó el dinero. Como resultado, los del hotel me echaron y se quedaron con mis maletas. En ese momento estaba enferma, tenía un virus... y no podía pensar con claridad.

Chellie tuvo que hacer un esfuerzo para contener las lágrimas. No quería ponerse a llorar delante de aquel hombre.

—Eres inglesa, ¿verdad?

—Sí. Pensaba ir al consulado británico, así que detuve un coche de la policía para preguntar dónde estaba...

—En San Martino eso no es muy inteligente.

—Lo averigüé después. Al principio el policía amenazó con detenerme por vagabundear sin documentación. Pero luego dijo que me llevaría a un sitio seguro. Incluso le di las gracias —sonrió Chellie, con tristeza—. Pero me trajo aquí. Y lo he lamentado desde entonces.

—No fue tu día de suerte, desde luego.

—No —admitió ella—. Pero sé que hay sitios peores porque Mama Rita me ha amenazado con llevarme allí si no hago lo que me pide. Teníamos un acuerdo... por escrito. Yo pagaría mis deudas cantando, pero...

—Mama Rita explota todo lo que tiene a mano. La pregunta es: ¿piensas quedarte aquí para que te explote?

—No puedo marcharme sin el pasaporte. Además, me encontraría y me traería de vuelta... o me llevaría al local de su amiga Consuelo, que es mucho peor —murmuró Chellie, sintiendo un escalofrío.

El hombre seguía mirándola con una expresión que la sorprendía y la asustaba al mismo tiempo.

—En un mundo ideal, ¿dónde te gustaría ir?

–Al otro lado del mundo.

–No puedo prometerte eso, pero podrías venir a St. Hilaire.

–¿St. Hilaire? ¿Dónde está? –preguntó ella, sorprendida.

–En las islas Windward. Tengo que llevar un barco hasta allí para reunirme con su propietario. Podrías venir conmigo.

Chellie se quedó mirándolo, indecisa.

–¿Ir contigo? –preguntó, tuteándolo por primera vez–. Yo... no, mejor no.

–Mira, he sido el primer hombre en pagar por tu compañía, pero no seré el último. Y el próximo puede que no te trate como yo. ¿Estás preparada para eso?

Ella se puso colorada.

–No te andas por las ramas.

–En realidad, intento ser delicado.

Chellie se quedó en silencio un momento.

–¿Por qué iba a confiar en ti?

–Porque tienes que hacerlo –contestó él, mirándola a los ojos. La fuerza de esa mirada hizo que ella apartase la suya, nerviosa. Era uno de los hombres más turbadores que había conocido en su vida.

–He confiado en otras personas recientemente y mira dónde he acabado.

–Puede que tu suerte haya cambiado.

Chellie vaciló de nuevo.

–Cuando dices que vaya contigo... ¿qué quieres decir exactamente?

Él sonrió.

–Si hubiese querido, habría conseguido de ti lo que me propusiera. Pero no te preocupes, en el barco hay más de un camarote. Te estoy ofreciendo un pasaje gratuito a St. Hilaire, nada más. O lo tomas o lo dejas.

Debería sentirse aliviada, pero... estaba enfadada consigo misma. Por todo, por estar metida en aquella situación, por no saber salir...

—No pareces un filántropo.

—Bueno, cariño, tu propia apariencia está abierta a malos entendidos, ¿no crees?

Parecía tener respuesta para todo, pensó Chellie, irritada.

—Pero no puedo pagarte.

—No te preocupes por eso. Espero que podamos llegar a un acuerdo... ¿sabes cocinar?

—Sí —contestó ella. Era mentira, pero le pareció la mejor respuesta.

—Problema resuelto entonces. Tú haces la comida para Laurent y para mí y así habrás pagado el viaje.

—¿Laurent?

—El otro miembro de la tripulación. Es un buen tipo, pero la cocina no se le da bien. ¿Qué dices?

—No entiendo... ¿Por qué quieres ayudarme? Somos dos extraños.

—Compartimos la misma nacionalidad y los dos estamos muy lejos de casa. Y en cuanto te vi esta noche intuí que estabas metida en un lío.

—¿No te llamarás Sir Galahad, por casualidad?

—No. Y tu nombre tampoco es Micaela.

Chellie se mordió los labios.

—Sigo sin saber...

—Mira, cariño, no pienso obligarte a que subas

a bordo del Le Beau Rêve. Y tampoco voy a pedírtelo de rodillas. Todo depende de si quieres salir de aquí. Pero zarpamos esta noche, estés tú a bordo del barco o no. Así que dejemos las discusiones. Estamos perdiendo el tiempo. Tienes que tomar una decisión y tienes que tomarla ahora.

—¿Y cuando lleguemos a St. Hilaire? ¿Entonces qué?

—Entonces habrá que considerar otras opciones.

—Se te olvida que no tengo pasaporte, lo cual reduce a cero mis opciones. A menos, claro, que en St. Hilaire haya sitio para una cantante.

Él se quedó un momento en silencio.

—Dices que Mama Rita se quedó con tu pasaporte, ¿verdad? ¿Sabes dónde lo guarda?

—En su despacho, dentro del primer cajón. Me lo enseñó una vez para convencerme de que seguía teniéndolo. Le gusta jugar al gato y al ratón conmigo.

—¿Y dónde está la llave de ese cajón?

Chellie dejó escapar un suspiro.

—La lleva colgada al cuello.

Él hizo una mueca de desagrado.

—Y ahí seguirá. ¿Dónde está ahora Mama Rita?

—Abajo, en el local. Sube cuando cerramos, pero hasta entonces se queda en el bar.

—Esperemos que siga allí.

—¿Por qué? ¿Qué piensas hacer?

—Entrar en su despacho y abrir el cajón, naturalmente.

Chellie lo miró, incrédula.

–¿Estás loco?

–¿Qué quieres que haga, que me lleve el escritorio al hombro? Llamaría un poco la atención, ¿no te parece? Lo que me sorprende es que no hayas intentado hacerlo tú misma.

–No sabría cómo... al contrario que tú, parece.

–Es una de las habilidades que he adquirido con los años –se encogió él de hombros–. Y deberías estarme agradecida.

–Sí, yo...

–Espero que haya una puerta trasera.

–Sí, pero siempre está cerrada. Y solo Manuel tiene la llave.

–¿Manuel?

–El camarero alto.

–No creo que eso sea un problema –dijo él entonces, levantándose.

–No lo conoces. Lleva un cuchillo...

–Ya me imagino. Cuando le vi poniendo copas, imaginé que esa no sería su única ocupación en el bar.

–Manuel es muy peligroso –insistió Chellie con los dientes apretados–. Peor que Mama Rita.

–Pero yo también puedo ser peligroso, cariño. Y no me digas que no se te ha ocurrido pensarlo.

Ella lo miró, en silencio. Sabía cómo abrir un cajón y no le daban miedo los cuchillos. ¿Quién era aquel hombre? ¿Y cuánto iba a costarle ir con él en el barco?

–Quizá pareces... un poco mejor que Manuel.

–Gracias... supongo –dijo él–. ¿La oficina de Mama Rita está en el piso de abajo?

–Sí, al final del pasillo. ¿Quieres que te acompañe?

–Me ahorraría tiempo. Y también evitaría que interrumpiese a alguna parejita... porque supongo que esta no es la única habitación privada.

–No –contestó Chellie–. Pero se supone que es la mejor. Ha debido costarte mucho dinero.

–No te preocupes por eso. Espero que me compenses debidamente...

–Oye...

–Haciendo las comidas en el barco –la interrumpió él mientras escondía la peluca bajo el sofá de una patada–. No volverás a necesitarla. Puedes cambiarte de ropa mientras yo entro en el despacho.

–No tengo mucho donde elegir...

–Entonces ponte una chaqueta o algo. Tenemos que salir sin que nadie se fije en nosotros y con ese vestido vas demasiado provocativa.

El pasillo estaba en silencio, pero les llegaba el ruido del bar. La puerta de la oficina de Mama Rita estaba entreabierta y la lámpara encendida, aunque no había nadie dentro. Además del escritorio, solo había un par de sillas, algunas cajas y dos pesados candelabros de bronce. Olía a incienso o algo parecido.

–Mama Rita no parece preocupada por los ladrones.

–No cree que nadie se atreva a entrar en su despacho. Además, guarda el dinero en una caja fuerte –dijo Chellie–. Ese es el cajón.

–Entonces sugiero que vayas a cambiarte de ropa. Nos veremos en la puerta trasera en cinco minutos. Pero no dejes el vestido en la habitación, así creerán que sigues por aquí.

—Ten cuidado —dijo ella en voz baja.

—Ah, me alegra que te preocupes por mí.

—No estoy preocupada. Voy a salir de aquí gracias a ti, así que no quiero que nada salga mal.

—Eres toda corazón —sonrió él.

—Tengo que elegir entre dos males, tú pareces el menor —replicó Chellie.

—Ahora no tenemos tiempo para debatir la situación. Hablaremos en el barco.

Ella se alejó, mordiéndose los labios.

Una vez solo, Ash cerró la puerta intentando no hacer ruido y desabrochó su camisa para sacar una bolsita que llevaba cosida a la cinturilla del pantalón. De ella sacó un manojo de llaves. Cuando consiguió abrir el cajón, lo primero que vio fue un cuchillo de hoja muy afilada.

—Cariño, me parece que has subestimado a Mama Rita.

En el cajón había varios pasaportes, pero solo uno británico. Y cuando miró la fotografía tuvo que hacer una mueca. La chica que sonreía desde aquella foto, con sus preciosos ojos verdes brillantes, no parecía tener miedo de nada.

—Pero eso fue antes, cariño. Cómo cambian las cosas.

Ash guardó el pasaporte y usó el cuchillo para abrir el resto de los cajones tirando el contenido por el suelo, como si fuera un robo. Sentía compasión por las chicas cuyos pasaportes estaban guardados allí, pero no podía hacer nada.

Además, ninguna de ellas era la hija de un millonario.

«Solo tú, cariño. Y vas a venir conmigo quieras o no».

El corazón de Chellie latía aceleradamente mientras subía a su habitación. Al abrir la puerta, apretó los dientes para soportar el usual ruidito de las cucarachas, con la piel de gallina por el asco que le producía.

Al menos en el barco evitaría esa pesadilla, pensó encendiendo la desnuda bombilla. Aunque sería vulnerable a muchas otras. No sabía nada sobre aquel desconocido, ni siquiera su nombre. No había ninguna garantía de que estuviese dispuesto a cumplir su parte del trato. De hecho, confiar en él podría llevarla a algo mucho peor que el local de Mama Rita. Había oído historias sobre trata de blancas...

Lo único que sabía de él era que pilotaba un barco que no era suyo y que le resultaba normal forzar un cajón.

En circunstancias normales sería el último hombre al que habría pedido ayuda.

Pero no podía pensar en eso. Las situaciones desesperadas exigían medidas desesperadas y tenía que salir de allí como fuese.

Una vez fuera del local, con el pasaporte en la mano, volvería a ser una persona. Y, de repente, tenía la convicción de que todo iba a salir bien. Iría al consulado, volvería a su país...

Mientras pensaba todo eso se ponía el sujeta-

dor y las braguitas que había lavado por la mañana. Aún estaban un poco mojados, pero daba
igual. Luego se puso una camiseta y una falda va-
quera y guardó el vestido, algunos cosméticos y
el poco dinero que tenía en un bolso de tela.

Después sacó las sandalias del armario, las
golpeó contra la pared por si acaso contenían alguna cucaracha y se las puso.

—Ya estoy lista —murmuró.

Cuando iba hacia la puerta se vio reflejada en
el espejo roto que colgaba de la pared y se llevó
la mano al pelo. Mama Rita le había cortado la
melena cuando llegó allí para que le cupiera la
peluca. Lina recibió las tijeras y disfrutó de la ta-
rea, mientras las demás se partían de risa.

Tantas pesadillas, tantos horrores...

Apenas se reconocía con el pelo tan corto,
pero quizá esa fuera una ventaja. Tenía que pensar en positivo.

Después de todo, aquella era su oportunidad
de escapar. Estaba a punto de despertar de la pesadilla y no volvería a confiar en ningún hombre.
Ni siquiera en Sir Galahad.

En él menos que en nadie.

Estaba en el pasillo cuando Manuel dobló la
esquina.

—Hola. ¿Qué haces, guapa?

Chellie encontró fuerzas para sonreír.

—Voy a tomar una copa al bar.

—¿Dónde está el tipo que te contrató?

—Dormido —contestó ella.

—¿Por qué llevas esa ropa? ¿Y dónde está la
peluca? Se supone que eres rubia.

–Se me rasgó el vestido. Y es que la peluca me da un calor... además, no la necesito para tomar una cerveza.

Manuel sonrió.

–Yo tengo cerveza en mi habitación, guapa. ¿Quieres pasarlo bien? Puedes pasarlo bien conmigo.

–No –contestó Chellie, llevándose la mano a la correa del bolso.

–¿Qué llevas ahí? –preguntó Manuel entonces, agarrándola del brazo.

–Nada. Y voy a tomar una cerveza en el bar... sola.

El camarero se quedó mirándola durante unos segundos y luego, para su asombro, vio que asentía con la cabeza.

Pero entonces cayó al suelo y Chellie descubrió a Sir Galahad tras él, con un candelabro de bronce en la mano.

–Dios mío, ¿está muerto?

–No –contestó Ash–. Tendrá una jaqueca horrible cuando despierte, pero nada más.

–¿Nada más? Además de robar mi pasaporte, golpeas a unos de los empleados...

–¿Qué querías que hiciese? –la interrumpió él, inclinándose para mirar en los bolsillos de Manuel hasta que encontró la llave de la puerta–. Tengo tu pasaporte. ¿Vienes conmigo o prefieres quedarte aquí y aceptar su invitación? Aunque la próxima vez, puede que no sea tan cordial.

Chellie se mordió los labios. Estaba atrapada entre la espada y la pared. Tan atrapada como antes.

Pero tenía que tomar una decisión. Entonces levantó la cabeza y clavó la mirada en aquellos ojos azules.

—¿A qué estamos esperando, Sir Galahad? Vámonos de aquí.

Capítulo 3

EL aire de la calle era tan caliente, que casi podía mascarse, pero Chellie lo respiró como si fuera oxígeno puro.

«Soy libre», pensó. Y así iba a permanecer. Por un momento, lágrimas de alegría asomaron a sus ojos, pero las contuvo a duras penas. Tenía que concentrarse en escapar; o, al menos, en la primera parte de la escapada.

Salir del local le había dejado los nervios destrozados, pero antes arrastraron a Manuel, que empezaba a despertar y murmuraba cosas ininteligibles, hasta el despacho de Mama Rita, donde lo encerraron con su propia llave.

Pero cuando el extraño la esperaba con la puerta abierta, Chellie se encontró con Jacinta en el pasillo.

Nerviosa, le dijo adiós con la mano, como si fuera lo más natural del mundo, aunque no había forma de saber si la delataría.

Pero tenía que alejarse de aquel sitio lo antes posible. No podía perder un segundo.

—Tranquila —dijo él, sujetándola cuando iba a echar a correr.

—Tenemos que irnos de aquí. Puede que nos sigan y...

–Probablemente. Por eso, lo último que debemos hacer es salir corriendo. Si vamos paseando, seremos una pareja anónima más. Así que tranquilízate. Y, por favor, deja de mirar por encima del hombro.

–Ah, perdona. Es que el papel de fugitiva es nuevo para mí.

–Espero que no tengas que interpretarlo durante mucho tiempo –replicó él.

Entonces la tomó de la mano y la acercó a su costado. Así parecían una pareja de novios con toda la noche por delante, pensó Chellie.

Pero el roce de su mano, el calor de su cuerpo, que se le traspasaba a través de la tela de la camisa, la hacía sentir un cosquilleo que ni entendía ni necesitaba en aquel momento.

La vida le había enseñado a no fiarse de los extraños. Después de todo, tardó mucho tiempo en bajar la guardia con Ramón hasta que, desgraciadamente, creyó que su persistencia era amor y no avaricia.

Y ahora estaba en compañía de aquel extraño... Condenada a soportar su proximidad hasta que pudiese escapar.

¿Quién era Sir Galahad? Aparentemente, alguien a quien no conocía de nada pero que parecía tener la compasión suficiente como para ayudarla. ¿Sería solo eso, compasión? Chellie ya no se creía nada.

Había aceptado su ayuda, por supuesto, pero sabía que se estaba arriesgando. Y por eso su innegable atracción física por él era más inexplicable.

De pequeña, su niñera le advirtió que no soñara por si acaso sus sueños se hacían realidad. Y tenía razón, pensó Chellie.

Porque una hora antes había cantado una canción en la que pedía «alguien que cuidase de ella» y eso era precisamente lo que había conseguido. Y el instinto le advertía que tuviese cuidado. Que aquella escapada podría ser un grave error aun más grave que los anteriores.

Cuanto antes se alejara de él, mejor, pensó. Pero eso no iba a ser fácil... porque parecía haber pasado de las garras de Mama Rita a las suyas.

¿Cómo podía estar metida en aquel lío? ¿Sería demasiado tarde para volver atrás?

–¿Qué has hecho con las llaves de Manuel?

–Las he tirado a una alcantarilla –contestó él.

–Ah. Y ese barco que vamos a tomar, ¿dónde está exactamente?

–En el puerto.

–¿No irán a buscarme allí?

–Lo dudo.

–¿Por qué?

–No tienen ninguna razón para conectarte con un barco.

–No pareces muy preocupado.

–Y tú lo estás demasiado –replicó él.

–Mi pasaporte... ¿lo tienes?

–Ya te he dicho que sí.

–¿Te importaría dármelo?

Él la miró de reojo.

–¿Vas a salir corriendo? No llegarías muy lejos, guapa.

Saber que tenía razón no la animó en absoluto.

–Yo...

–Además, como Mama Rita, yo también necesito algo para garantizar tu buen comportamiento.

–¿Estás diciendo que no confías en mí?

–Tú tampoco confías en mí y haces bien. Aprieta los dientes si quieres, pero sigo siendo tu única oportunidad de escapar. Además, esto solo son pequeñas suspicacias entre amigos, ¿no?

–Yo no soy tu amiga.

–Bueno, da igual. Tengo la agenda llena de nombres.

–Pero me gustaría recuperar mi pasaporte –insistió Chellie.

–Ah, el tono de la aristocracia. No ha tardado mucho en salir, ¿eh? Has pasado de víctima a «debo ser obedecida» en apenas unos segundos. ¿Qué debo hacer, cariño? ¿Ponerme pálido? Deberías haber usado ese tono con Manuel. Se habría quedado impresionado.

Chellie apretó los labios. ¿Cómo sabía...? ¿Sabría quién era ella, quién era su padre?

–¿Qué estás diciendo? –preguntó, con tono imperioso.

Él dejó de caminar y la llevó hasta un callejón, donde la empujó contra la pared.

–Estoy diciendo que alguien debería haberte dado un par de azotes hace tiempo, jovencita. Puede que así no estuvieras metida en este lío.

–No te necesito –replicó Chellie–. Habrá otros barcos. Puedo encontrar pasaje en alguno de ellos sin tu ayuda.

–Sí, claro. Pero no esta noche. Y ese sería solo uno de tus problemas. ¿Cuánto tiempo puedes esperar? ¿Cuánto tiempo tardaría Mama Rita en averiguar que una chica de ojos de gato y pelo mal cortado anda rondando por el puerto? Y luego está el pequeño problema del dinero... No tienes dinero. ¿Estás dispuesta a pagar el precio alternativo para conseguir un pasaje? Si es así, puede que te resultase un viaje muy largo.

—Eres un canalla —dijo ella.

—Soy realista. Mientras que tú... A pesar de todo lo que te ha pasado, no has aprendido nada.

—Por favor, suéltame.

—¿Qué pasa, temes que quiera darte una lección? De eso nada, bonita. No eres mi tipo.

Pero no la soltaba y Chellie, atrapada entre sus brazos y la pared, empezó a temblar.

De repente, el mundo se limitaba a aquella oscura esquina y al rostro del hombre. También oía voces masculinas, el ruido de los coches... pero eso parecía estar ocurriendo en otro mundo, otro universo que no tenía nada que ver con ella.

Lo vio mirar hacia la calle, mascullar una maldición y... entonces, de repente, la tomó entre sus brazos y aplastó su boca contra la suya.

Aquello no era un beso, nada que pudiera reconocer como un beso. Solo apretaba su boca. Era una parodia de caricia, nada más.

Y terminó nada más empezar.

Chellie se apoyó en la pared, con las piernas temblorosas.

—¿Qué haces?

—Acabo de ver a Manuel en un jeep, con otro hombre. Calvo y grande como un toro. ¿Lo conoces?

–Sí, es Rico, el matón del local –contestó ella–. ¿Nos han visto?

–Si nos hubieran visto, habrían parado. Además, estabas bien escondida.

–Ah, por eso...

–Vamos –la interrumpió él, tomándola del brazo.

–¿Qué vamos a hacer ahora?

–Iremos al puerto y subiremos al barco, como habíamos planeado. ¿Qué otra cosa podemos hacer?

–Pero... todo ha cambiado. Ellos llegarán antes que nosotros.

–Entonces tendremos que subir al barco sin que nos vean. Pero seguro que no se acercan al puerto. Confía en mí –insistió él, pasándole un brazo por los hombros–. Por otro lado, es mejor que no nos quedemos aquí. No tenían buena cara.

Chellie lo siguió mecánicamente, asustada. Pero no de Manuel. Asombrosamente, Manuel y Mama Rita habían dejado de ser la prioridad.

En lugar de eso, examinaba el beso... la caricia de aquel extraño. Lo recordaba, segundo a segundo.

Y se daba cuenta, horrorizada, de que quería más. Que lo deseaba.

A un completo extraño.

Era una locura. ¿Cómo podía sentir eso en aquella terrible situación? Ni siquiera sabía su nombre.

A pesar de todo, la vergonzosa realidad era que lo deseaba. Que en los segundos que duró el beso habría deseado abrir los labios, invitándolo... implorándole una invasión más íntima. Deseaba sentir sus manos sobre su cuerpo, sentir...

Por un momento, estuvo dispuesta a llegar hasta donde él quisiera llegar.

Un gemido escapó entonces de su garganta.

–¿Qué ocurre?

–Nada –contestó Chellie, nerviosa–. Creo que no estoy llevando bien la situación.

–Lo estás haciendo bien, no te preocupes –dijo el hombre, sin mirarla.

Naturalmente, lo de antes no había sido nada para él. Lo había dejado bien claro: «estabas bien escondida». Solo lo había hecho por eso.

«Alguien que cuide de mí». Eso era lo que quería. Y lo había conseguido.

Debería sentirse agradecida. Al fin y al cabo, aquel extraño la había sacado del local de Mama Rita. Y si hubiera respondido a la caricia, si hubiese abierto los labios... habría hecho el ridículo por completo.

Además, le había dicho que no era su tipo. Y tampoco lo era él. Resultaba muy atractivo y tenía una voz educada, pero eso solo eran cosas superficiales. En el fondo había algo oscuro, peligroso.

Desde luego, no era Sir Galahad. Solo era un pirata, como los demás.

Si lo hubiese conocido en Londres o en Aynsbridge, no lo habría mirado dos veces.

A menos que él la hubiese mirado a ella primero, claro. Porque cuando lo vio en el local, mientras cantaba, no pudo apartar los ojos...

El problema era que no estaba acostumbrada a

una instantánea atracción sexual. Ese tipo de emoción siempre le había parecido deleznable. Pensaba que primero debe gustarte la personalidad de alguien, que debe haber una serie de cosas en común, una comunión espiritual que, al final, se convierte en verdadero amor. Como diría Shakespeare: «el matrimonio de las mentes, que soporta tempestades sin alterarse».

Entonces, ¿cómo explicaba su relación con Ramón?

Un accidente, se dijo. Buscaba desesperadamente la forma de alejarse de su padre y de la vida aburrida que había planeado para ella. Buscaba algo que... buscaba divertirse, tuvo que reconocer.

Y también se rebeló contra la idea de su padre de casarla con Jeffrey Chilham. Habría sido un matrimonio por interés, naturalmente. Jeffrey, un viudo veinte años mayor que ella, sería el presidente de la empresa cuando sir Clive, su padre, se retirase. No había nada malo en Jeffrey... que un transplante de personalidad no pudiese curar.

Era correcto, rico, y tan condescendiente en su actitud hacia ella, que a veces le daban ganas de hincarle el diente en la yugular.

De modo que Chellie se dedicó a hacer desfilar a una multitud de jóvenes completamente incorrectos delante de su padre. Por supuesto, no tenía intención de casarse con ninguno de ellos. Solo quería convencer a sir Clive de que ella tomaba sus propias decisiones. Algo que le había resultado casi imposible desde su infancia.

A pesar de todo, fue una pena ver cómo iban

desapareciendo uno detrás de otro cuando sir Clive los sometía a su mirada gélida, aterradora.

Había sido un filón para las columnas de sociedad de los periódicos. Y Chellie odiaba que la describiesen como una estúpida niña rica que iba de novio en novio como si fuera un juego.

Ramón era tan diferente... o eso había creído. Desde luego, no tenía nada que ver con los encorbatados pretendientes a los que estaba acostumbrada.

Por supuesto, su padre lo detestaba y, quizá por eso, a ella le gustaba más. Nunca soñó que, para Ramón, solo era una presa, un objetivo.

Ramón hablaba con aquel rico acento español que parecía acariciarla como el terciopelo y le mostró, por primera vez, cómo podía ser su vida fuera de la jaula de oro que era la mansión de su padre.

Le hablaba de selvas, de ríos tan anchos como océanos, de remotas ciudades, de la casa que había heredado de su padre, de su plantación de café...

Y, por supuesto, de la esposa que necesitaba a su lado. La chica que, milagrosamente, resultaba ser ella.

La sedujo con tal delicadeza, ofreciéndole lo que Chellie creía respetuosa adoración, haciendo que deseara a un hombre por primera vez en su vida... La hizo creer que era un ángel en un pedestal, alguien a quien idolatraba.

Le había vendido el sueño y ella lo había comprado, a ciegas. Ni siquiera le preguntó quién llevaba la plantación mientras él estaba en Inglaterra.

Se imaginaba a sí misma montando a caballo con Ramón, disfrutando del sol sudamericano, perdida en el glamour y la emoción de un país nuevo.

La cuestión del dinero jamás fue abordada, naturalmente. Ramón vestía de forma elegante, tenía un apartamento en el barrio más caro de Londres, iba a los mejores restaurantes y conducía un deportivo. Ingenuamente, Chellie supuso que eso, y la constante charla sobre la plantación, aseguraban una buena cuenta corriente. Y que su propio dinero no tenía importancia para él.

Qué equivocada había estado. Una simple discusión sobre el asunto habría resuelto tantos problemas...

Pero la terca oposición de su padre sencillamente la había empujado más hacia Ramón y hacia la vida que él describía tan líricamente.

Y cuando sir Clive le prohibió terminantemente que se casara con él, o incluso que volviera a verlo, la decisión de escaparse le pareció más que apetecible.

Quizá, si no hubiera despreciado a todos sus novios, si hubiera reaccionado de forma más comprensiva... le habría escuchado. Sí, seguramente habría escuchado sus advertencias sobre Ramón, al que, por supuesto, su padre había hecho investigar por un detective.

Pero Chellie cerró los ojos y no hizo caso de sus amenazas, ni siquiera cuando le dijo que la dejaría fuera de su testamento si desobedecía.

Incluso pensó que si la veía casada y viviendo feliz con Ramón... si tenía nietos, eso ablandaría su corazón.

De hecho, supuestamente todo iba a ser un lecho de rosas. No había podido estar más equivocada.

—¿Te encuentras bien? —preguntó él.

—Sí —contestó Chellie, sin mirarlo.

No quería mirarlo, no quería sentir nada por él. Haber caído en la trampa de Ramón era una cosa. No podía hacer nada para redimir el pasado... pero el futuro era otro asunto.

Mientras estaba en el local de Mama Rita le había resultado imposible tomar decisiones. Sencillamente, iba de un día a otro, como dormida. Pero ahora tenía que hacer serios planes para su vida. Y, naturalmente, en ellos no podía entrar el hombre que iba a su lado.

Siempre le estaría agradecida, desde luego. Pero solo era eso, gratitud. No pensaba volver a hacer el ridículo, por muy atractivo que fuese.

Entonces vio con sorpresa que ya habían llegado al puerto y miró alrededor, recelosa. Allí era donde la había llevado Ramón. Cenaron en el casino y luego él jugó al black jack y perdió. Pensó que su mal humor era debido a eso, pero pronto se dio cuenta de que solo estaba planeando dejarla plantada.

Se preguntó entonces si Ramón habría vuelto a pensar en ella. Si se habría preguntado cómo iba a sobrevivir en un país extranjero, sin dinero... Pero lo dudaba. Seguramente esperó que desapareciese para siempre. Y había estado a punto de hacerlo.

Su destino se selló cuando Ramón descubrió que, si se casaba contra los deseos de su padre, no podría acceder al fideicomiso hasta que cumpliera treinta y cinco años.

Vio la sorpresa en su rostro cuando se lo dijo, la incredulidad que escondía auténtica furia. La furia de haber perseguido a una rica heredera para descubrir después que no tenía un céntimo.

Una heredera cuyo padre había usado el dinero para ejercer un fiero control sobre su vida, negándose a dejarla estudiar lo que quería y concediéndole solo una pequeña cantidad mensual.

La única carrera para la que Chellie estaba preparada era para la de «esposa de un hombre rico».

Y había muchos «candidatos» en el puerto. Estaban rodeados de yates y en casi todos ellos había alguna fiesta.

Chellie oía risas, brindis. Veía a todos con ropa de diseño, con joyas...

Unos meses antes, si hubiera estado en San Martino, seguramente también ella habría sido una de las invitadas, bronceándose por la mañana y vistiendo elegantemente por la noche.

De repente, se preguntó qué pasaría si se acercase a alguna de esas personas y le dijera: Soy la hija de Clive Greer y necesito ayuda.

Por un momento, se sintió tentada de hacerlo.

Pero seguía sin tener el pasaporte. Sin él no podía ir a ninguna parte. Y con aquella pinta, ¿quién iba a creerla?

Ya había notado alguna mirada desdeñosa en su dirección.

–Vamos, guapa. Esta noche no hay tiempo para cócteles –dijo él, irónico, siguiendo la dirección de su mirada.

–La gente nos está observando.

–Pronto nos iremos de aquí, tranquila.

–¿No has visto el jeep de Manuel?

–No, este no es sitio para ellos. Si a nosotros nos miran, ¿te imaginas cómo mirarían a Manuel y su acompañante? Mira, ahí está Le Beau Rêve.

Chellie abrió mucho los ojos, incrédula. El yate era enorme, uno de los más grandes amarrados en el puerto.

–¿Vamos a ir en eso a Saint Hilaire?

–Eso espero –sonrió él–. ¿No me crees capaz de llevarlo?

–Sospecho que eres capaz de todo.

Un hombre de piel bronceada y pelo rizado estaba esperándolos en el puente.

–*Mon ami*, empezaba a preocuparme por ti. Pero ahora entiendo el retraso –dijo con una sonrisa en los labios–. *Mademoiselle*, soy Laurent Massim. *Enchanté*. ¿Y usted es?

Chellie vaciló.

–Según su pasaporte se llama Michelle Greer y es la nueva cocinera del barco –dijo él.

Chellie se mordió los labios. Por supuesto, no podía esconder su identidad pero, afortunadamente, él no parecía haberla reconocido. Era lógico. ¿Quién esperaría encontrar a la hija de un famoso empresario trabajando en un local de mala muerte en Sudamérica?

–¿Y tú? –dijo entonces–. ¿Tienes nombre o es un secreto?

–En absoluto. Me llamo Ash Brennan.

Por un momento, le pareció que había una

nota de reto en su voz. Pero quizá solo estaba respondiendo como ella.

—Si estamos listos para zarpar, sugiero que lo hagamos —añadió, antes de volverse hacia ella—. Y sugiero que te escondas antes de que alguien te vea.

—Gracias —murmuró Chellie.

La adrenalina que la había llevado hasta allí había desaparecido, dejándola exhausta y aprensiva.

Mientras subía al barco tuvo que agarrarse a la barandilla porque le fallaban las piernas. El salón era lujoso, con sofás de piel azul y mullidas alfombras. A un lado había un bar y, detrás, la cocina, tan brillante y moderna como la de una nave espacial.

—Zarparemos muy pronto —dijo Ash, estudiándola—. ¿Te encuentras bien? No te mareas, ¿verdad?

—No que yo sepa. Y, desde luego, no cuando aún no hemos zarpado.

—El informe del tiempo es bueno. El viaje hasta St. Hilaire será muy fácil.

—No me lo puedo creer —murmuró Chellie—. En cualquier momento me despertaré y estaré de nuevo en esa habitación llena de cucarachas...

—Todo ha terminado, Michelle. ¿No sabes cómo se llama este yate? Le Beau Rêve, el bonito sueño. Así que no habrá más pesadillas.

—Espero que sea verdad.

—Voy a mostrarte tu camarote.

Chellie esperaba que la llevase a un sitio estrecho y agobiante, de modo que al ver el lujoso ca-

marote se quedó boquiabierta. Había una cama
enorme, un armario empotrado de madera brillante y hasta una ducha.

–¿Estás seguro de que esto es para mí? ¿Al
propietario no le importará?

Ash se encogió de hombros.

–¿Por qué iba a importarle? Mientras yo lleve
al barco a St. Hilaire... La hija del propietario usa
este camarote –dijo entonces, abriendo un cajón–.
Aquí hay ropa suya. Camisetas, biquinis y cosas
así. Puedes usar lo que quieras.

–No puedo usar ropa que no es mía.

–Es una chica estupenda, te lo aseguro –sonrió
él–. Y creo que tenéis la misma talla.

Chellie miró al suelo.

–Parece que empiezo a estar en deuda con mucha gente.

–Preocúpate de eso por la mañana. Si tienes
hambre, hay sándwiches en la nevera.

–No creo que pudiese comer nada ahora mismo.

–Entonces te dejaré en paz. Buenas noches.

Cuando la puerta se cerró, Chellie se dejó caer
sobre la cama, con el corazón acelerado.

Ash Brennan. Era lo único que sabía de él. El
resto era un enigma.

Sin embargo, parecía sincero. Pero estaba en
sus manos. Por el momento la trataba con amabi-
lidad, pero no podía olvidar cómo la había mirado mientras cantaba, ni el brillo de deseo que había en sus ojos cuando bailó para él.

Pero incluso entonces parecía desearla contra
su voluntad. ¿No era exactamente lo mismo que
sentía ella?

Chellie dejó escapar un suspiro. Estaba demasiado cansada como para seguir dándole vueltas al asunto.

Suspirando, se acercó al armario y comprobó que había camisetas, pantalones cortos, vestidos de verano y sandalias, todo de diseño. Y, efectivamente, todo era de su talla.

En el primer cajón encontró biquinis y pareos. En el segundo, ropa interior y en el tercero camisones y pijamas.

Chellie sacó un camisón, dejando que la sedosa tela blanca acariciase sus dedos. Era precioso y casi transparente.

De modo que eso era lo que la hija del propietario del yate se ponía durante las noches caribeñas... ¿se lo pondría para dormir sola?

«Una chica estupenda». Eso era lo que Ash Brennan había dicho. Debía conocerla bien, quizá íntimamente, para ofrecerle su ropa.

Chellie miró hacia la cama, preguntándose si se habrían tumbado juntos allí...

¿Qué le importaba a ella?, pensó. En St. Hilaire se dirían adiós y no volverían a verse nunca más.

Entonces oyó el ruido del motor y notó que el yate se movía.

–Ahora ya no puedo volver atrás –dijo en voz alta.

Capítulo 4

MEDIA hora después, Ash llamó a la puerta del camarote. Volvió a llamar, pero como no hubo respuesta, empujó suavemente la puerta.

Michelle estaba dormida. Ni siquiera había apagado la lamparita, de modo que debió quedarse dormida en cuanto su cabeza tocó la almohada.

Respiraba suavemente. Tenía la mejilla apoyada en una mano y una de las tiras del camisón se había deslizado de su hombro, dándole un curioso aspecto de fragilidad. Algo brillaba en su cara y cuando se inclinó vio que era una solitaria lágrima.

Ash levantó la mano por instinto para secarla, pero se detuvo a tiempo.

Tenía que controlarse, se dijo. ¿Qué iba a hacer, arroparla como si fuera una niña pequeña? Aquello no era nada personal, era solo un asunto de negocios.

Suspirando, apagó la luz y apartó las cortinas del ojo de buey para que hubiese cierta claridad. Seguramente no le gustaría dormir completamente a oscuras...

Chellie se movió entonces y él se apartó. Al

hacerlo, tropezó con algo que había en el suelo: su bolso. De él asomaba el vestido negro que había llevado en el bar.

Entonces recordó los movimientos de su cuerpo mientras bailaba para él...

Recordó también que, por un momento, había olvidado lo que estaba haciendo allí, que deseó con todo su ser que se quitara el vestido, que su cuerpo reaccionó involuntariamente esperando verla desnuda.

Se había sentido como un adolescente viendo una revista pornográfica.

No era la primera chica a la que veía quitarse la ropa, pero sí la primera que no lo había hecho, pensó, sonriendo.

Y tampoco él era el primer hombre para el que Michelle se había desnudado. Tenía que recordar eso.

No debía ser gran cosa para ella. No podía serlo a juzgar por cómo vivía. Entonces, ¿por qué se negó? A menos que... quizá había sentido escrúpulos porque un extraño le pagaba por ello.

Fuera cual fuera la razón, el instinto le dijo que no iba a pasar. Y que el deseo que sentía por ella no iba a ser satisfecho.

Y ese había sido un momento de debilidad que no iba a repetirse.

Tenía que apartar de sí esos recuerdos, enterrarlos de forma permanente. Junto con el recuerdo de sus labios cuando intentó esconderla de Manuel.

Tenía que olvidar todo eso y recordar por qué estaba en el barco.

Ash la miró por última vez y salió del camarote.

Laurent estaba en la cabina silbando suavemente y miró hacia atrás cuando Ash entró con dos sándwiches de pollo y dos tazas de humeante café.

–¿Está dormida?

–Profundamente.

–*La petite*. Pobrecilla.

Ash se encogió de hombros.

–Se le pasará. Ya está recuperándose.

–Eres muy duro con ella –dijo Laurent, mordiendo el sándwich–. ¿Te costó convencerla para que fuese contigo?

–Estaba a punto de empezar su carrera como bailarina... o algo peor. Cualquier alternativa le habría parecido bien.

–¿Y la dejaron ir?

–No exactamente –sonrió Ash–. Tuvimos un problemilla, pero poca cosa.

–Ya me lo imagino. ¿Os siguieron?

–Nos siguieron, pero fueron al hotel Margarita. Dejé una caja de cerillas en el cenicero del bar.

–Menos mal. Victor se sentirá aliviado. No deja de enviar faxes.

–Será mejor decirle que deje de hacerlo. La chica cree que va a St. Hilaire y no quiero que sospeche nada.

Laurent lanzó sobre él una mirada de reproche.

–«La chica». Eres muy frío con una mujer tan guapa, ¿no?

–Lo que quiero es acabar cuanto antes. Que el papá de la niña nos dé el dinero de la recompensa y retirarme de una vez.

–¿Crees que ella nos dará algún problema?

–Esta noche estaba tan asustada, que habría hecho cualquier cosa por salir del local de Mama Rita. Pero mañana se despertará descansada y feliz... y entonces empezará a hacerse preguntas. Por ejemplo, por qué aparecí yo tan convenientemente para rescatarla.

–Entonces debemos llegar a St. Hilaire lo antes posible. Envíale un fax a Victor para decir que todo va como habíamos planeado. Y luego tú también podrías dormir un poco, amigo. Porque, si tienes razón, mañana te hará falta estar bien despierto.

–Luego. Aún no estoy cansado –contestó Ash.

Aunque eso no era cierto del todo. Ahora que la misión había terminado, la tensión desapareció y se sentía exhausto, extrañamente agobiado.

Pero aún no quería irse a la cama porque se quedaría despierto durante horas recordando a una chica de pelo oscuro con la cabeza sobre la almohada y una solitaria lágrima en la mejilla...

Ash masculló una maldición.

Se estaba ablandando con la edad, pensó. Y no podía ser porque la misión aún no había terminado.

Chellie abrió los ojos, parpadeando cuando el sol le dio de lleno en la cara. Por un momento se sintió completamente desorientada y luego recordó... lo recordó todo.

Estaba en Le Beau Rêve y San Martino con todos sus horrores había quedado atrás. Y debía dar las gracias por ello.

Pero, ¿qué pasaría cuando llegase a St. Hilaire?

Lo último que deseaba era encontrarse sola y sin dinero otra vez.

Chellie se puso de rodillas y miró por el ojo de buey. Lo único que podía ver era el mar azul del Caribe extendiéndose frente a ella.

No sabía qué hora era. Ramón se había llevado su reloj de platino junto con todo lo demás y, en el bar de Mama Rita, el día y la noche le parecían iguales.

Pero la posición del sol le indicaba que había dormido muchas horas y que debía subir a cubierta.

Era tan maravilloso poder ducharse en un baño limpio, solo para ella... Cuando sintió el agua golpeando su cara casi lloró de alegría.

Si tuviera su ropa, la vida sería casi perfecta. Pero tendría que usar la de la hija del propietario del barco... aunque le compraría ropa nueva en cuanto pudiese.

Cuando pudiese, pensó, mordiéndose los labios.

¿Cuándo sería eso?

Chellie se puso unos pantalones cortos y una blusa verde sin mangas y subió a cubierta sin secarse el pelo.

Si era sincera consigo misma, debía reconocer que le daba vergüenza enfrentarse con su salvador a plena luz del día. A pesar de estarle muy agradecida, también se sentía obligada para con él... un hombre al que no conocía de nada. Y por el que sentía una absurda y más que inconveniente atracción.

Una atracción que debía olvidar. Ash Brennan la había rescatado de aquella horrible situación, pero no parecía sentir ninguna simpatía por ella.

–Ah, estás aquí –la saludó Ash.

Llevaba unos pantalones cortos y nada más. Estaba muy bronceado y sus bíceps... Chellie apartó la mirada.

–Buenos días.

–Ya ha pasado la hora del desayuno.

–Es que... he perdido mi reloj.

–Te daré un despertador –dijo Ash–. Hay jamón en la nevera. Lo tomaremos con huevos revueltos y café. Y lo antes posible, si no te importa.

Cielos, la cocina. Chellie había olvidado que iba a hacer de cocinera.

–¿Huevos revueltos?

–¿Algún problema? –preguntó Ash.

–No, claro que no –contestó ella, tragando saliva.

–Hay una campanita en la cocina. Llama cuando el desayuno esté listo.

Bajó a la cocina y miró alrededor. Había un horno eléctrico, una cafetera, un microondas, una nevera y un tostador.

Ella sabía, en teoría, cómo hacer huevos revueltos. Solo hacía falta echar los huevos en la sartén... y, en su experiencia, alguien que los moviera.

Suspirando, puso la cafetera, cortó unos trozos

de pan que metió torpemente en el tostador, puso una sartén en el fuego, colocó el jamón en los platos y batió varios huevos en un bol. La mantequilla de la sartén empezaba a ponerse marrón, así que echó los huevos a toda prisa.

Al mismo tiempo, el olor a quemado señaló que el pan se había quedado enganchado en el tostador. Estupendo. Empezaba bien.

Cuando terminó de preparar el desayuno, estaba sudando.

Y cuando Ash y Laurent bajaron a la cocina, vio que los dos enarcaban las cejas al ver los platos. El jamón, afortunadamente, era muy bueno, pero ninguno de los dos probó nada más.

–El café es tan flojo que parece agua. Has quemado el pan y en cuanto a esto... –empezó a decir Ash, señalando los huevos– podría usarlos para arreglar la rueda de un camión. Dijiste que sabías cocinar.

–¿No será más bien que supusiste que podía cocinar porque soy una mujer? –replicó ella.

–Hacer la comida es tu trabajo, la justificación para venir gratis en este barco. Espero que la cena sea mejor que esto –dijo Ash entonces, saliendo airadamente de la cocina.

Dios mío, ¿de verdad le había parecido atractivo? Debió de ser un ataque de locura temporal debido al estrés.

Laurent le sonrió, mucho más agradable.

–Compré carne en San Martino. Puede hacer unos filetes con patatas, ¿eh?

–No, la verdad es que no creo que sepa –suspiró Chellie.

–Entonces, yo la ayudaré. Antes de que Ash la eche a los tiburones.

–Pero me dijo que usted no sabía cocinar.

Laurent se encogió de hombros.

–Se lo dijo para que vinieras con nosotros, *chérie*. Después de todo, usted es una chica muy guapa. Es más entretenido mirarla a usted que mirar el mar.

Ella se llevó una mano al pelo.

–Debo parecer un espantapájaros.

–Ya crecerá –sonrió él.

Laurent la ayudó a cortar la carne y las verduras y luego le explicó que debía rehogarla con ajo y cebolla, regarla con un chorro de vino y meterla en la olla.

–*C'est tout*. Ahora hay que dejarla en la olla hasta la hora de cenar. Y usted habrá aprendido a dar de comer a un hombre hambriento.

La mayoría de los hombres hambrientos que ella conocía «comían» por sí mismos. Con ayuda de una tarjeta de crédito, claro.

–¿Algún otro trabajito que nuestro galante capitán quiera que haga? ¿Por ejemplo, limpiar la cubierta con mi cepillo de dientes?

La sonrisa de Laurent desapareció.

–Lo mejor será que no haga sugerencias de ese estilo, *mademoiselle*. ¿Habría preferido quedarse en San Martino?

–No, claro que no. ¿Le ha contado dónde me encontró? –preguntó ella, sin mirarlo.

–Sí, me lo ha contado. Supongo que lo pasaría muy mal.

Chellie tragó saliva.

–Sí, muy mal. Y me estoy portando como una desagradecida.

–Ash no es un santo, pero ninguno de nosotros lo somos.

–Debería haberle dicho que no sé cocinar, pero tenía que salir de allí –suspiró ella–. Pensé que sería fácil...

–Bueno, pues ya ha descubierto que no es así –sonrió Laurent–. Pero no tendrá que hacer muchas comidas antes de que lleguemos a St. Hilaire, no se preocupe. Enseguida se olvidará de todo esto.

Quizá, pensó ella. Pero olvidar a Ash Brennan iba a ser más difícil de lo que había creído.

¿Qué le estaba pasando?, se preguntó. ¿Y cómo podía pararlo? No quería aquello. Y él tampoco.

Cuando llegasen a St. Hilaire, probablemente no volvería a verlo. Y esa certeza era como una piedra en su corazón.

Chellie trabajó afanosamente limpiando la cocina para que Ash no pudiera criticarla. Pero una vez hecho, se encontró sin saber qué hacer.

Su posición en el barco era francamente equívoca. Ni había pagado por el viaje ni sabía cocinar. Se preguntó entonces si debía pasar el día metida en su camarote, pero esa sería la salida más fácil. Y no quería que Ash se preguntara si lo estaba evitando.

Así que subiría a cubierta a tomar el sol, pensó. Eligió el biquini más pudoroso, uno negro con volante en la braguita, pero cuando subió a cubierta se sintió tímida.

Era como si hubiera salido de hibernación tras un largo invierno. O de la cárcel después de una larga condena.

En el bar de Mama Rita se había convertido en una criatura de la noche y pasaba la mayor parte del tiempo dormida para olvidar lo horrible de la situación. Solo se fijaba en el tiempo cuando había una tormenta tropical y los cristales de su cuarto retumbaban como si fueran a romperse.

Ash estaba en cubierta, repasando unos papeles y, aunque la saludó con la cabeza, no le prestó mucha atención. De modo que Chellie se tumbó en una hamaca y cerró los ojos, dejando que el sol calentara sus huesos.

Se dio cuenta entonces de que había vivido con miedo durante todo el tiempo, esperando siempre el siguiente golpe. Si Ash Brennan no la hubiera rescatado, ¿cuánto tiempo habría pasado antes de que no le importase lo que fuera de ella? ¿Antes de aceptar cualquier cosa que Mama Rita le hubiera propuesto?

Había sido igual con su padre. ¿Para qué luchar contra él si siempre perdía? Durante toda su vida había obedecido sin rechistar... hasta que intentó obligarla a casarse contra su voluntad. Quizá por eso se había convertido en víctima de Ramón.

–Toma –oyó la voz de Ash entonces.

–¿Eh? Perdona, estaba pensando en mis cosas...

–Ponte crema para el sol o acabarás con quemaduras de segundo grado.

–Gracias.

–De nada. No quiero que acabes como la tostada de esta mañana –replicó él, antes de volver a concentrarse en los papeles.

«Idiota», pensó Chellie, apartando la mirada. Pero quizá fuera lo mejor. Porque si decidía ser agradable con ella...

Después de ponerse la crema, Chellie empezó a leer una revista que había encontrado en el camarote. Aparentemente, todo era normal, pero no podía dejar de mirarlo de reojo. Y su proximidad cada vez la ponía más nerviosa. Empezaba a contar las horas hasta que llegasen a St. Hilaire...

Ash se levantó entonces.

–Voy a buscar una cerveza. ¿Quieres algo?

–Una coca-cola, si no te importa. ¿Quieres que vaya yo?

–Relájate. ¿Qué pasa? ¿Crees que Manuel va a aparecer en un barco pirata cantando *La botella de ron*?

–No sería tan difícil –sonrió Chellie.

–Más o menos como que te secuestrasen unos alienígenas. Las ratas como Manuel nunca se alejan mucho del cubo de basura.

–Hubo un tiempo, no hace mucho, en el que no sabía que hubiera gente como él ni como Mama Rita. Y tampoco creía en los milagros. Tengo que empezar a creer en muchas cosas... gracias a ti. Y aún no te he dado las gracias –suspiró Chellie entonces–. Puede que ahora sea el momento.

–¿Dormiste bien anoche?

–Sí.

—Pues ya no tienes que darme las gracias —sonrió él antes de alejarse.

Una sonrisa. Una simple sonrisa y el corazón de Chellie empezó a dar saltos. Debía tener cuidado, se dijo. Mucho cuidado.

Podía oírlo riéndose con Laurent en la cabina. Ojalá pudiera reír ella también con esa tranquilidad. Relajada, segura. Hablar con él como si fueran amigos.

Pero no lo eran. No se conocían de nada. En unos días, unas semanas, apenas sería un vago recuerdo para Ash Brennan, un incidente olvidado.

Él volvió unos minutos después con una lata de coca-cola fría.

—Siento mucho lo del desayuno. Te mentí porque... temí que me dejaras en San Martino.

—Yo no habría hecho eso. Pero podría haberte pedido que me compensaras con algún otro de tus talentos...

Chellie se puso tensa.

—¿Qué quieres decir?

—Tienes una voz preciosa. Podría haberte pedido que cantases para mí.

—Gracias —contestó ella, sorprendida.

—¿Cantabas profesionalmente en Inglaterra?

—No. Nunca pude estudiar canto, que es lo que hubiera querido.

Chellie recordó cuántas veces le había pedido permiso a su padre para entrar en una escuela de música. Y él siempre se lo negó. ¿Cuántas veces lloró por eso? Había perdido la cuenta.

—La música no se considera una carrera interesante. Y seguramente es verdad. Después de todo, no impresioné a nadie en el local de Mama Rita.

–El público no estaba interesado en eso –sonrió Ash–. Además, a mí sí me impresionaste.

Chellie se puso colorada.

–¿Por qué elegiste el local de Mama Rita precisamente?

Él se encogió de hombros.

–Porque había alcohol.

–Sí, pero en San Martino hay cientos de locales como ese. Y el alcohol no era lo que más interesaba a los clientes.

–Lo sé. Nunca subestimes la depravación del sexo masculino, cariño.

Chellie apartó la mirada.

–Tú no pareces el tipo de hombre que... tiene que pagar por ese tipo de cosas.

–Y no fue barato –sonrió él.

Si era posible, Chellie se puso aún más colorada.

–Algún día te lo devolveré.

–Olvídalo. Me ha venido bien esta buena acción para ponerme a bien con los de arriba.

Ella se quedó callada un momento, buscando un tema de conversación que fuese más neutral, menos comprometido.

–Este es un yate precioso.

–Gracias. Se lo diré al propietario.

–¿Él vive en St. Hilaire?

–Parte del año. Pero ahora mismo no está allí.

–Ah. ¿Y qué hacías tú en San Martino?

–Fuimos a comprar combustible y provisiones.

–Debéis ser muy amigos si te confía el yate.

–Es que yo soy digno de confianza.

«¿Y su hija?», se preguntó Chellie. ¿También te confía a su hija?». Por supuesto, no se atrevió a hacer la pregunta en voz alta porque era demasiado personal.

Había algo en Ash Brennan, algo... extraño, distante. Seguramente podría tratarlo durante años y seguiría sin conocerlo.

Parecía muy seguro de sí mismo, muy completo. ¿Se habría enamorado alguna vez, habría sido capaz de comprometerse? No daba esa impresión.

–¿Te quedarás mucho tiempo en St. Hilaire?

–No lo sé.

–¿Te ganas la vida así, llevando los barcos de los demás?

–Haces muchas preguntas, cariño.

Chellie tosió, incómoda.

–Perdona. Supongo que me da envidia que vivas con tanta libertad.

–Nadie es completamente libre. Pero estoy en ello. ¿Y tú, Michelle Greer? ¿Cuáles son tus planes para los próximos cincuenta años?

Ella miró el mar.

–No pienso hacer planes por ahora. No se me da bien.

–A mí también me gustaría hacer un par de preguntas –dijo Ash entonces, tomando un trago de cerveza–. ¿Te importa?

–Hazlas –contestó Chellie, a la defensiva.

–Eres muy misteriosa, Michelle.

–¿De verdad? Tú, por supuesto, eres un libro abierto.

–Espero que no. Sería muy aburrido saber siempre cómo van a terminar las cosas.

–No te preocupes por eso. Y pregunta lo que quieras. No tengo nada que esconder –dijo Chellie, cruzando mentalmente los dedos.

–¿No? Pues debes de ser la única en el mundo. Pero dime, ¿qué haces tú en Sudamérica?

–Vine para casarme.

Si esperaba alguna reacción, se equivocó. Él simplemente asintió con la cabeza.

–¿Y qué ha sido del novio?

–Cambió de opinión a última hora. Puede que, como tú, prefiriese su libertad.

–¿Y por qué venir hasta aquí para casarte?

Chellie se encogió de hombros.

–Mucha gente se casa en sitios exóticos. El Caribe es muy popular.

–San Martino no lo es tanto.

–La ceremonia iba a tener lugar en la plantación de Ramón. Fuimos a San Martino para tomar un barco... pero acabé pillando un virus.

–¿Y él?

–Quizá tomó ese barco y se fue a casa.

–Y, por supuesto, se llevó tu dinero.

–¿Tenemos que hablar de esto? No es uno de mis recuerdos favoritos.

–¿Sigues enamorada de él?

–¿Qué?

–Es una pregunta muy sencilla. Si apareciese ahora mismo, ¿lo perdonarías?

–Ni muerta.

–Sin embargo, una vez te importó lo suficiente como para cruzar un océano con él.

–Pensé que me importaba –suspiró Chellie–. Y también pensé que yo le importaba a él. Me equivoqué.

–¿Cuándo te diste cuenta de que ya no estabas enamorada? –siguió interrogando Ash.

«Cuando estábamos en la cama. Cuando sentí sus manos sobre mi cuerpo... y me obligó a hacerlo. Cuando me hizo daño y no quería parar».

–Creo que ya te he contado más que suficiente. A partir de ahora, solo diré lo que necesites saber.

Entonces Ash se acercó y tomó su cara entre las manos.

–¿Y cómo demonios vas a saber lo que yo necesito, cariño?

Después la soltó bruscamente y desapareció, dejándola perpleja. Y un poco asustada por sus propios sentimientos.

Capítulo 5

ESTUVO a punto de llamarlo. Casi le pidió que volviera. Quería que le explicase por qué había dicho aquello, por qué parecía tan enfadado.

Pero la providencia o el sentido común la mantuvieron en silencio. Porque no eran solo palabras lo que quería de él. No, aunque le daba vergüenza reconocerlo, sus deseos eran otros.

Su cara seguía ardiendo donde él la había tocado. Solo fue un roce, pero le parecía como si sus dedos hubieran dejado una huella imborrable en su piel.

—Ay Dios mío, ¿por qué ha tenido que hacerlo?

Y eso no era lo peor. Estuvo tan cerca, que había respirado el aroma de su piel. Sintió que sus pezones se endurecían bajo la delgada tela del bikini, sintió los primeros síntomas del deseo entre sus piernas...

La desesperación de ese deseo la asustaba.

Si la hubiera tomado en sus brazos le habría dejado hacer lo que quisiera. Y él debía saberlo.

Pero no hizo nada. Quizá ese gesto había sido una advertencia, una forma de decirle que no esperase nada de él. La había rescatado y le ofrecía un santuario temporal, pero nada más.

Seguramente era una carga para él y, en cuanto llegasen a St. Hilaire, desaparecería de su vida.

Debería sentirse agradecida por no aprovecharse de ella, pensó. Pero no sentía agradecimiento, sentía algo muy diferente.

Chellie cerró los ojos, prohibiéndose llorar, avergonzada de su reacción y de su debilidad. Su experiencia en San Martino debería haberla afectado más profundamente de lo que pensaba. Esa era la explicación.

No parecía ser la misma persona que antes. No se conocía a sí misma. Y debía encontrar fuerzas para no depender de Ash Brennan. Ni de nadie. Porque no tenía intención de pedirle ayuda a su padre.

Había puesto su vida en peligro para escapar de él. Ramón había sido solo un salvavidas, una forma de cortar con su frustración y su infelicidad. Una medida drástica, pero efectiva.

Se había creído enamorada de él porque le ofrecía una vida completamente diferente. Pero alejarse de su padre era lo más importante.

Había tenido que aprender la lección de la forma más dura.

Pero no hubo verdadero amor en su relación con Ramón, se daba cuenta ahora. Y aunque hubiera sido una persona decente, el matrimonio no habría durado.

Se daba cuenta de que tuvo dudas incluso antes de salir de Inglaterra. Había detalles en su pasado que no cuadraban, vagas contradicciones que deberían haberla alertado...

Si se hubiera dado algún tiempo para pensar, no se habría escapado con él. Y se habría ahorrado mucho miedo y mucho dolor.

Y, sobre todo, no habría conocido a Ash. Eso habría sido lo mejor. Lo que tenía que hacer al llegar a St. Hilaire era alejarse de él lo antes posible. E intentar olvidarlo.

Chellie se dio cuenta entonces de que estaba temblando.

Ash entró en la cabina muy serio, tenso.

Laurent se volvió para mirarlo.

–*Ça va?*

–No particularmente –suspiró él.

–Pues me temo que debo añadir otra preocupación. Ha llegado un nuevo fax de Victor. Hay que llevar a la chica a Inglaterra.

–Yo no pienso hacerlo –dijo Ash–. El trato era llevarla a St. Hilaire. ¡Maldita sea, sabía que no debería haber metido en esto!

Laurent no había dejado de sonreír.

–Pero tú eras la única opción, amigo. Tu encanto irresistible era esencial para atraer a *la petite* Michelle. ¿Cómo íbamos a saber que su affaire con el tal Ramón había terminado en lágrimas?

Ash apretó los dientes.

–Le dijo que tenía una plantación. El muy...

Laurent se encogió de hombros.

–Entonces es mejor que terminase mientras a ella le quedaba alguna ilusión.

–No creo que tuviera muchas. Y le quedarán menos cuando descubra que va de una jaula a otra.

—Estás en peligro de romper tus propias reglas, Ash —dijo Laurent entonces—. Haz tu trabajo, no te involucres. ¿No es eso lo que dices siempre?

—No lo he olvidado —suspiró Ash—. Y ahora será mejor que le mande un fax a Victor para que le envíe un mensaje a Clive Greer: me quedaré con su hija en St. Hilaire hasta que me envíe el dinero y vaya personalmente a buscarla como habíamos acordado.

—No le gustará.

Ash se encogió de hombros.

—Victor y yo casi nunca estamos de acuerdo en nada. Por eso decidí que este sería mi último trabajo.

—Lo sé, *mon ami*. Pero no me refería a Victor, sino a Clive Greer. Quizá deberías tener cuidado.

—Lo tendré.

En todos los sentidos, pensó Ash.

Chellie quería pensar positivamente, pero no resultaba fácil cuando multitud de pensamientos tristes daban vueltas y vueltas en su cabeza.

En lugar de preguntar a Ash por su vida y no recibir respuestas, debería haber preguntado por St. Hilaire. De ese modo, habría evitado que él la interrogase.

Pero el plan que había hecho en San Martino de buscar el consulado inglés y pedir ayuda le seguía pareciendo el mejor, aunque tendría que ocultar la identidad de su padre.

Porque llamar a sir Clive sería en lo primero

que pensarían, ya que iba a necesitar dinero para salir del Caribe.

Pero no quería pedirle ayuda a su padre en ningún caso. Para empezar, porque se sentiría en desventaja al presentarse ante él como una fracasada... aunque no tenía duda de que eso era lo que pensaba de ella.

Para cuando volviese a ver a su padre tenía que haber conseguido algo; un trabajo, una casa. Algo.

Lo que necesitaba de inmediato era su pasaporte. Cuando salieron de San Martino pensó que Ash se lo daría, pero él no había mencionado el asunto.

Podría haberlo olvidado, pero Chellie estaba segura de que no era así. Y tenía que pedírselo. El cónsul querría verlo como prueba de su identidad y ella tenía derecho a recuperarlo. Como fuese.

No podía ser tan difícil. El yate era grande, pero no había muchos escondrijos. El primer sitio donde debía buscar era el camarote de Ash, naturalmente.

Chellie dejó la revista sobre cubierta para indicar que su ausencia era momentánea, se puso la camiseta sobre el biquini y bajó por la escalerilla intentando no llamar la atención.

Solo era una cuestión de abrir puertas. Cuando abrió la primera vio unos pantalones cortos que pertenecían a Laurent. Luego abrió el camarote que había al lado del suyo, con el pulso acelerado al pensar que Ash podría dormir tan cerca de ella... pero las literas no estaban ocupadas.

De modo que debía usar la suite que había a

popa. Como si fuera el propietario del barco, claro. Se le debería haber ocurrido.

Abrió la puerta sin hacer ruido y asomó la cabeza. La suite estaba amueblada para impresionar, sin duda. La enorme cama, llena de almohadones, estaba en medio del camarote como una isla de satén beige, y las cómodas y armarios estaban hechas en madera lacada. La moqueta era tan gruesa que se le hundían los pies.

Los pantalones de color caqui que Ash llevaba el día anterior estaban sobre un sillón, pero no había nada en los bolsillos.

En los cajones de la mesilla encontró monedas, un pañuelo y un libro de John Grisham. Y algo que la dejó sorprendida: la fotografía enmarcada de una chica rubia muy guapa en pantalón corto.

Chellie estudió la fotografía sintiendo que su corazón se aceleraba.

¿Su hija? ¿Su novia? ¿La última de una larga lista? Y la tenía al lado de la cama, donde la vería cada noche...

¿Qué había esperado? Era un hombre muy atractivo y, por supuesto, tendría relaciones amorosas. Lo que la sorprendía era que tuviese la fotografía en su camarote...

Podría ser su prometida, pensó entonces. Eso explicaría muchas cosas.

De repente, no le apetecía seguir buscando. Tenía que salir de allí y cerrar la puerta. En todos los sentidos.

Tenía que pensar y para eso necesitaba soledad y tranquilidad.

Acababa de llegar a la puerta de su camarote cuando oyó la voz de Ash tras ella.

–Ah, estás aquí.

«Unos segundos antes y me habría pillado en su camarote», pensó. Tendría que ir con más cuidado.

–Me has asustado.

–Evidentemente. Debo aprender a toser discretamente. ¿Qué haces?

–Buscando un poco de paz. No sabía que necesitara permiso.

–No lo necesitas. Pensé que te había sentado mal el sol –replicó él–. Estás... muy colorada.

–¿Querías algo?

–La comida, por ejemplo. Nada muy complicado, un poco de sopa y una ensalada.

La comida. De nuevo había olvidado que era la cocinera del barco.

–Muy bien. Llamaré cuando esté lista.

Él siguió mirándola atentamente durante unos segundos.

–¿Seguro que estás bien?

–Nunca he estado mejor –contestó ella, intentando pasar a su lado por el estrecho pasillo.

Pero Ash se lo impidió.

–Empiezo a sentirme como un negrero.

–No te preocupes. Seguro que enseguida se te pasará el sentimiento de culpabilidad. En cuanto lleguemos a St. Hilaire. ¿Cuándo llegaremos exactamente, por cierto?

–La exactitud no es una virtud del Caribe, pero creo que llegaremos mañana por la tarde –sonrió Ash–. Así que las oportunidades de usar el látigo serán muy pocas.

–Qué emoción.

–Me alegro de que te emocione. ¿No estás disfrutando del viaje?

–¿Eso era lo que esperabas, que disfrutase? No me había dado cuenta.

–También parece haber escapado a tu atención que estoy intentando no empeorar la situación.

–¿No me digas? ¿Y cómo iba a empeorar? –replicó ella.

–Así –dijo Ash en voz baja.

Y entonces la envolvió en sus brazos, metiendo la mano por debajo de la camiseta para apretarla contra él, haciéndola sentir que ambos estaban medio desnudos. Forzándola a reconocer que estaba excitado.

Ella había levantado las manos para apartarlo. Pero al tocar su piel desnuda, al sentir los latidos de su corazón...

Ash inclinó la cabeza, los ojos azules clavándose en ella como un rayo láser. Y los labios de Chellie se abrieron como por voluntad propia. Intentó decir algo, encontrar palabras de protesta, pero entonces él buscó su boca y las palabras se perdieron. El beso la hizo sentir un escalofrío. Ash buscaba su lengua, le pedía acceso total a su boca. Y ella echó la cabeza hacia atrás y cerró los ojos. Sin pensar, levantó los brazos para rodear su cuello, apretándose más contra él, aplastando sus pechos contra el torso masculino.

Ash deslizó la camiseta por sus hombros hasta que cayó al suelo. Entonces sintió que desabrochaba el clip del biquini y lo bajaba, dejando sus pechos al descubierto.

Sus caricias eran suaves, pero sabias. Unas caricias a las que ella no estaba acostumbrada. Hacía círculos con el dedo sobre sus pezones y sonreía al ver cómo se endurecían. Y la miraba de una forma...

A Chellie le temblaban las piernas y tuvo que echarse hacia atrás para buscar el apoyo de la puerta. Podía sentir la fiera erección del hombre entre sus muslos y supo que ninguno de los dos quería esperar.

Solo tenía que abrir la puerta y la cama los estaría esperando...

Y aquella vez, sería diferente.

De repente, se vio de nuevo en la habitación del hotel, con las piernas abiertas sobre la cama, con Ramón encima, su rostro contorsionado mientras buscaba su propia satisfacción. Ramón, haciéndole daño. Ramón, usándola sin amor.

Como lo haría Ash... si le dejaba.

Entonces lo empujó, recordando al mismo tiempo la fotografía que había visto en el cajón. Recordando que era un extraño del que no sabía nada.

Para él no era más que un cuerpo que había deseado en el local de Mama Rita.

Ahora podía entenderlo todo; sencillamente había esperado su momento. Sería menos crudo que Ramón, pero el propósito sería el mismo: satisfacer un deseo pasajero. Y Chellie no pensaba dejar que nadie la utilizara de nuevo para abandonarla después.

Ramón no hizo caso de sus protestas. La había forzado casi con brutalidad.

Ash, sin embargo, la soltó en cuanto vio que ella se apartaba.

—¿Qué pasa?

—No puedo. Acabo de... recordar algo. A alguien. Lo siento.

Le hubiera gustado explicárselo, pero los recuerdos daban vueltas en su cabeza, confundiéndola.

—No lo sientas, yo también tengo cosas que recordar —dijo él—. Y supongo que debería darte las gracias... aunque ahora mismo no me siento especialmente agradecido. Pero los dos nos hemos ahorrado un error. No ha pasado nada.

—¿No?

—Solo ha sido un beso, cariño. Y seguro que te han besado antes, así que no te hagas la ingenua. Olvídalo, no ha pasado nada.

Chellie tuvo que agacharse para recuperar el biquini y la camiseta, que se puso sin mirarlo antes de ir a la cocina. Cuando llegó, estaba jadeando como si hubiera corrido una maratón.

Nerviosa, abrió el grifo del agua fría y se lavó la cara.

Ash había dicho que lo olvidase. ¿Cómo iba a olvidarlo? ¿Cómo iba a mirarlo a la cara de nuevo?

La ponía enferma recordar lo fácilmente que se había derretido entre sus brazos cuando lo que debería haber hecho era apartarse, darle una bofetada.

De hecho, lo que debería hacer sin tardanza era preguntar por su pasaporte...

En ese momento oyó pasos. ¿Habría descubierto que había estado en su camarote? ¿Habría dejado algún cajón abierto? Afortunadamente, era Laurent.

—¿Puedo ayudar?

—No, gracias. Supongo que hasta yo puedo abrir una lata de sopa y hacer una ensalada.

—¿Seguro? Pareces un poco... acalorada.

Chellie se encogió de hombros.

—He tomado el sol.

—Ah, será eso. He sacado pan del congelador, ¿quieres que lo caliente?

—Sí, por favor.

Mientras ella se dedicaba a calentar la sopa, Laurent metió el pan en el horno.

—Ojalá lleguemos a St. Hilaire antes de que envenene a alguien.

—Eso no es justo. No debe castigarse así, *mademoiselle*.

—Por favor, mis amigos me llaman Chellie.

—Gracias, Chellie. *Merci du compliment*.

—Cuéntame algo sobre St. Hilaire. Supongo que no será una isla muy grande.

—No, pero yo vivo allí, así que me parece preciosa.

—¿Estás casado?

—Sí —contestó él, con una sonrisa—. Y tengo dos hijos.

—Pues deben echarte de menos si viajas mucho.

—No viajo demasiado. Dirijo una plantación de plátanos en St. Hilaire y tengo mi propio barco. Me gusta pescar.

Chellie vaciló un momento antes de preguntar:

—¿Ash también vive allí?

—Allí... y en otros sitios. Al contrario que yo, él es soltero, así que le gusta disfrutar de su libertad.

—Sí, ya me imagino.

¿Durante cuánto tiempo?, se preguntó, recordando la fotografía.

—Laurent, ¿te importaría decirme una cosa?

—Si puedo...

—¿Ash lamenta haberme rescatado, haberme sacado de aquel sitio horrible?

Laurent vaciló un momento.

—Creo, *chérie*, que lamenta haber tenido que hacerlo.

—Yo también lo lamento —suspiró ella—. Pero es más que eso, ¿no?

—La vida tiene sus complicaciones.

—¿Y yo soy una de esas complicaciones?

—Creo que ya he dicho demasiado —suspiró Laurent—. Hay lechuga y tomate en la nevera para hacer una ensalada. Ash ha dicho que comeremos en cubierta.

—Muy bien. Pero yo comeré aquí. Es menos complicado, ya me entiendes.

El hombre la miró, sonriendo.

—Creo que empiezo a entenderlo. Es mejor que... te apartes del sol, *chérie*.

Y después, salió de la cocina silbando.

Hacer la comida no fue tan difícil como había temido. Por supuesto, Ash no dijo nada cuando dejó las bandejas en cubierta y no le preguntó por qué no comía con ellos.

Quizá se alegraba de librarse de su presencia, pensó mientras comía sola en la cocina.

Después de fregar, Chellie fue a darse una ducha y a cambiarse de ropa. No volvería a tomar el sol; lo mejor sería taparse todo lo posible.

Pero tenía que buscar algo que hacer. Había visto productos de limpieza en la cocina y decidió dar un repaso al salón. Si su padre la viera con una escoba en la mano...

Mientras trabajaba, respiró el olor de la carne que seguía guisándose en la olla. Y la había hecho ella. Increíble.

Quizá podría aprender a cocinar y trabajar en un barco... en otro barco, preferiblemente en otro océano, al otro lado del mundo.

Aunque podía imaginar la reacción de su padre al saber que se había convertido en cocinera. Terrible.

Pero sir Clive estaba a miles de kilómetros de distancia y el Caribe sería el último sitio donde iría a buscarla. Si se había molestado en buscarla.

Su escapada con Ramón lo habría puesto furioso. Tanto que probablemente la habría borrado de su testamento y de su vida.

Había visto cómo apartaba a la gente de su vida sin mirar atrás en cuanto lo contrariaban. ¿Por qué iba a ser diferente con ella?

Además, Ramón había ocultado las pistas de su escapada porque no quería que los siguieran. Y ella lo había interpretado, ingenuamente, como un gesto de amor. Un amor que nunca sintió por él, pero que empezaba a sentir por...

No, no podía ser. No podía haberse enamorado de Ash. Todo aquello era producto del estrés, del miedo que había pasado en el bar de Mama Rita. Era absurdo.

–No te hagas esto, Michelle –dijo en voz alta–. Despierta de una vez. No hay futuro para ti con Ash Brennan.

Chellie intentó ignorar la vocecita que le decía que ya era demasiado tarde. Que estaba perdida para siempre.

Capítulo 6

ASH, por supuesto, no debía saber lo que sentía.

Eso era lo que se repetía a sí misma una y otra vez. No debía sospechar ni por un segundo el caos de emociones que había en su interior.

Prefería volver al local de Mama Rita antes que hacerle saber lo que sentía por él, pensó mientras iba hacia su camarote para cambiarse de ropa.

Cuando llegasen a St. Hilaire se despediría dándole las gracias, pero sin mirar atrás.

Chellie apretó los labios. ¿Cómo iba a hacerlo, cómo iba a decirle adiós?

Primero Ramón y luego aquello... su vida era un desastre detrás de otro.

¿No aprendía nunca? ¿Pensaba ir de error en error, siempre con el hombre equivocado?

Además, estaba exagerando. Como Ash había dicho, no había pasado nada. Solo había sido un beso.

Para él no había sido nada, estaba claro. Mientras para ella...

A pesar de todo, iba en contra de sus principios tener aventuras de una noche. Y eso era todo lo que sería para él. Había creído en el amor de Ramón y, sin embargo, lo mantuvo a raya durante semanas, diciendo que así la noche de boda sería más bonita.

Chellie se miró al espejo, pasándose una mano por el pelo.

Se había convertido en una extraña. Pero, claro, durante aquellas semanas se limitó a sobrevivir.

Como tendría que sobrevivir a aquella noche. Iba a cenar con Ash y Laurent y tendría que sonreír, como si no tuviera una sola preocupación en el mundo, como si aquellos devastadores momentos entre sus brazos nunca hubieran tenido lugar.

Iba a elegir una camiseta y un pantalón para la cena, pero cuando abrió el armario encontró un pareo largo con estampado de flores tropicales y una blusa sin mangas de vibrante color azul.

Se despediría con estilo, pensó. Aunque quizá... no, eso era absurdo. A Ash le daría igual qué vestido se pusiera. Él no lamentaría su marcha. Y sería una tonta si esperase lo contrario.

De modo que era tonta, pensó, saliendo del camarote.

La carne estaba riquísima y Chellie se sintió orgullosa de sí misma.

—Asombroso —comentó Ash, soltando el tenedor—. Parece que tu repertorio culinario se ha ampliado mucho desde esta mañana.

A pesar de su resolución, a Chellie le costaba

trabajo mirarlo. También él parecía haber hecho un esfuerzo por ser la última noche. Llevaba un pantalón oscuro y una elegante camisa blanca. El problema era que así estaba más guapo todavía. Su pelo rubio seguía mojado de la ducha, la camisa contrastaba con su piel bronceada... y llevaba una colonia que a Chellie le parecía irresistible.

Laurent y él estaban hablando en voz baja cuando ella subió con la bandeja y, de inmediato, dejaron de hablar. Ash se quedó mirando el pareo con expresión de sorpresa, pero un segundo después volvió a charlar con Laurent.

—En realidad, me enseñó un experto —dijo Chellie por fin—. Gracias, Laurent.

Él se encogió de hombros.

—He tenido una alumna aventajada. Estaba diciéndole a Ash que debería convertirte en miembro permanente de la tripulación.

Los tres se quedaron en silencio, pero Chellie consiguió soltar una risita que parecía medianamente sincera.

—No creo que le apetezca. Ni a mí, claro. Además, tengo que seguir adelante con mi vida. A propósito... ¿te importaría devolverme el pasaporte?

—¿Ahora mismo? ¿Por qué, piensas llegar a puerto nadando?

—No, a menos que tenga que hacerlo. Pero me hará falta en cuanto lleguemos a St. Hilaire. Quiero ir al consulado inglés.

—Entonces no hay prisa. Mañana es sábado y el consulado está cerrado hasta el lunes.

–¿Cerrado? –repitió Chellie–. Oh, no. Pero, ¿y si hay una emergencia? ¿No queda gente de guardia?

Ash se encogió de hombros.

–Intentamos que no las haya en St. Hilaire. Y no creo que tu problema sea considerado una emergencia.

–¿Quieres decir que es normal que no tenga donde ir hasta que el cónsul decida terminar su partido de golf?

–Tenis, creo –la corrigió Ash–. Y no te preocupes, no tendrás que dormir en la playa.

–¿Quién lo dice?

–La policía, para empezar. En St. Hilaire no se permiten esas cosas.

–Entonces, ¿podría dormir en el barco hasta el lunes? –preguntó Chellie.

–Me temo que el propietario no lo permitiría.

–¿Y qué hago? –murmuró, mirando a Laurent.

–Mi casa no es muy grande, *chérie*. Y mi mujer está convencida de que soy un imán para las chicas. Creo que tu presencia la haría sentir incómoda. ¿Entiendes?

–Sí, claro –suspiró ella–. En ese caso, tendré que ir al Mama Rita de St. Hilaire. Supongo que habrá alguno.

–Lo dudo. Además, ¿no es esa una medida muy drástica? –preguntó Ash.

–Las situaciones desesperadas exigen medidas desesperadas.

–Hay varios hostales muy respetables en la isla.

–Ya me imagino. Pero en esos sitios prefieren que la gente pague la factura.

–Naturalmente. ¿Permites que yo pague tu habitación hasta el lunes?

–No creo que sea buena idea –dijo Chellie, con el corazón acelerado.

–¿No? ¿Por qué?

Quería que lo acusara de querer compartir con ella esa habitación, sin duda. Pero no pensaba caer en la trampa. Sobre todo, delante de Laurent.

–Porque ya has hecho más que suficiente por mí. Además, ya soy mayorcita y quiero ser responsable de mí misma.

–Nadie dice que no lo seas. Pero en este momento no podrías hacer nada. No tienes dinero, no conoces a nadie en St. Hilaire... Deja que pague tu habitación. Ya me devolverás el dinero.

Chellie tragó saliva.

–No sé cuándo podré hacerlo.

–Podrías darme algo a cuenta esta noche. Después de todo, ya sabes lo que quiero.

Ella enrojeció de la cabeza a los pies. ¿Cómo se atrevía? ¡Y delante de Laurent!

Pero entonces vio un brillo de su humor en sus ojos azules.

–Ah, muy bien. ¿Alguna petición especial?

–Laurent es el músico. ¿Por qué no vas a buscar la guitarra? Michelle va a cantarnos algo.

–Ah, será un honor –sonrió el hombre.

Cuando se quedó a solas con Ash, Chellie miró la luna, que parecía colgar sobre el yate.

–Hace una noche preciosa.

–Sí, es verdad –dijo él, sin dejar de mirarla–. Preciosa –añadió, clavando los ojos en sus labios para bajar luego hasta el escote de la blusa.

A pesar de todo, Chellie sintió que enrojecía bajo la mirada masculina. También recordaba el calor de sus manos sobre su piel, cómo había deseado que pusiera los labios sobre sus pezones...

«No... no me hagas esto, por favor».

–Tengo que llevar los platos a la cocina.

–Lo haremos Laurent y yo. Guarda tus fuerzas para más tarde.

–¿Más tarde?

–Para cantar. Supongo que para eso hace falta controlar la respiración, ¿no?

–Ah, sí, claro.

Él se quedó mirándola un momento, mientras daba una larga chupada a su puro.

–Ese color te sienta muy bien. Pero seguro que ya lo sabes.

–Esta era mi primera cena en el barco... y se me ha ocurrido que estaría bien arreglarme un poco. Es una suerte que la ropa sea de mi talla.

–Una gran suerte.

De nuevo se quedaron en silencio mientras Ash seguía chupando silenciosamente el puro.

–No sabía que fumaras.

–Lo hago pocas veces... sobre todo cuando estoy estresado. Pero sé que es una mala costumbre.

–¿Ahora estás estresado?

–Claro. Tengo que llevar un yate carísimo a St. Hilaire. Entre otras consideraciones.

Laurent volvió en ese momento con la guitarra. Y una botella de brandy.

–He pensado que deberíamos brindar por este tranquilo viaje y por nuestra llegada mañana a St. Hilaire.

¿Tranquilo? Chellie sonrió, pero se sentía como si hubiera pasado de una tormenta a otra. Y su aventura aún no había terminado. Tenía que conseguir su pasaporte, ir al consulado...

–¿Qué quieres cantar? –preguntó Laurent.

–Toca algo. Si me sé la letra...

–¿Conoces *Plaisir d'amour*?

Chellie la conocía bien. Era una canción triste, una canción de amor perdido, de traiciones. Le hubiera gustado pedirle que tocase otra cosa, pero eso sería peor. Ash podría empezar a sospechar que escondía algo...

De modo que era mejor terminar con aquello lo antes posible.

Chellie dejó que tocase los primeros acordes y luego empezó a cantar:

–*Plaisir d'amour ne dure qu'un moment. Chagrin d'amour dure toute la vie*.

Cantó toda la canción en francés, su propia tristeza dándole una inesperada emoción, y luego volvió a cantarla en su idioma:

–La alegría del amor dura un momento. El dolor del amor dura toda la vida.

Era, pensó, mientras las últimas notas quedaban en el aire, un buen recordatorio de lo que no debía hacer.

–Precioso. ¿No crees, *mon ami*? –sonrió Ash.

–Precioso –asintió Laurent–. Aunque son sentimientos muy negativos.

–Pero realistas. Cada uno debe hacer su propia interpretación –dijo Chellie.

–¿Y tú qué piensas, Michelle? –preguntó Ash, mirándola a los ojos. Era una pregunta con doble intención. Decía claramente que, dependiendo de su respuesta, pasaría o no la noche con ella.

«La alegría del amor durante un momento». Era cierto. Y si se rendía, tendría que soportar una eternidad de soledad. Algo que no podía permitirse.

Chellie suspiró.

—Es muy sencillo. Yo he elegido no ser infeliz el resto de mi vida. Y ahora, si me perdonáis, me voy a dormir.

Se alejó con la cabeza bien alta, sin mirar atrás. Pero al llegar al pasillo se detuvo, apoyándose en la pared.

—Dios mío —murmuró, llevándose una mano a los labios—. ¿Cuánto tiempo voy a poder disimular?

—Tienes un problema, *mon ami* —sonrió Laurent.

Ash apartó la mirada.

—Nada que no pueda solucionar.

—Primero tendrás que encargarte de Victor. Explicarle por qué has decidido que la chica permanezca en St. Hilaire en lugar de llevarla a Inglaterra.

—Dejé claro desde el principio que la negociación tendría lugar en la isla.

—Desgraciadamente, a sir Clive Greer no le apetece cruzar el Atlántico para reunirse con su hija... y no es un hombre acostumbrado a que lo desobedezcan.

Ash se encogió de hombros.

–Puede tomarlo o dejarlo. Mientras pague la cantidad acordada...

–¿Estás diciendo que esto es solo por dinero?

–¿Por qué si no?

–Entonces, ¿por qué retenerla en la isla en lugar de tomar el primer avión a Londres desde Barbados o St. Vincent?

–Porque en una situación como esta lo lógico es que Michelle pidiera ayuda a su padre. Pero ni siquiera lo ha mencionado. ¿No te parece extraño?

–Su padre va a pagar por recuperarla. Eso es todo lo que a ti te interesa. Y está claro que la ve como... una loca, una chica sin sentido común... o algo peor. Así que ten cuidado, Ash.

–¿Por qué dices eso? ¿Crees que pagará menos porque la considera «mercancía averiada»?

–Y dices que es solo por dinero –sonrió Laurent–. Te engañas a ti mismo, *mon ami*.

–Cuando necesite un consejo tuyo, te lo pediré.

Su amigo no dejó de sonreír.

–La vida es muy corta, Ash.

Y luego se alejó silbando *Plaisir d'amour*.

Chellie se sentó al borde de la cama, sujetándose casi convulsivamente al edredón.

Había hecho lo que debía, pensaba. Lo único que podía hacer. Lo más sensato.

Le había dejado claro a Ash que iba a mantenerse a distancia el tiempo que estuvieran juntos en St. Hilaire.

Dos días, pensó, si tenía suerte. Si el cónsul la ayudaba y creía su historia no tendría que esperar más tiempo. Y entonces habría salido de la vida de Ash para siempre.

Pero, ¿adónde iba a ir?

Eso era algo que aún no había pensado con claridad. El presente había ocupado todos sus pensamientos.

Pero había dado un paso dejándole claro que él no sería parte de su futuro.

Por muchas razones. Para empezar, era un enigma para ella. La había sacado del local de Mama Rita y siempre le estaría agradecida. Algún día solo recordaría esa gratitud y habría olvidado todo lo demás.

Pero por el momento debía concentrarse en el resto de su vida. Estaba claro que no tenía más opción que volver a Inglaterra. Necesitaba dinero y, aunque la herencia que le dejó su madre no era una cantidad desorbitada, le permitiría vivir hasta que encontrase un trabajo. Y pagar un estudio, porque ya no se podía permitir el ático de Londres.

Además, para entonces Ramón se habría gastado todo el dinero de su tarjeta de crédito y eso era algo que también tendría que solucionar.

También le haría falta un título. Convertirse en una cantante profesional era imposible a su edad, pero algún curso en Relaciones Públicas o algo parecido le iría muy bien. O informática.

Chellie dejó escapar un suspiro. La verdad era que el panorama no parecía muy brillante. Durante las últimas semanas había aprendido lecciones muy importantes, pero las implicaciones económicas eran las menos importantes. Tendría que ocuparse de ello de alguna forma.

Pero sobre todo tenía que convencer al cónsul, ponerlo de su lado. Porque se negaba a pensar lo que podría pasarle si se negaba a cooperar. Y no siempre eran comprensivos con los que aparecían por el consulado sin un céntimo en el bolsillo.

Si era así, tendría que volver a pedirle ayuda a Ash. No podía contar con que otra persona quisiera rescatarla.

Chellie se levantó y empezó a desnudarse. Tendría que tomar prestada algo de ropa. Eso era inevitable. No podía visitar al cónsul en vaqueros si quería que la tomara en serio.

Algo de ropa interior, unos pantalones y un par de blusas. Y tendría que encontrar la forma de compensar a su desconocida benefactora, pensó, colgando el pareo.

Aunque seguramente ella no echaría de menos nada de lo que se llevara, pensó Chellie. Todo parecía nuevo y seguramente tendría una selección de ropa en cada puerto.

Pero le devolvería lo que pudiese, limpio, planchado y como nuevo.

Chellie se dio una ducha rápida y se secó el pelo con la toalla. Después, antes de ponerse el camisón, se miró al espejo, viéndose por primera vez como objeto de deseo para un hombre. Recordando cómo Ash la había mirado, con qué urgencia, con qué hambre.

Nadie la había mirado así antes. Y quizá nadie volvería a hacerlo.

Y ella lo había rechazado. Chellie cerró los ojos. Había hecho lo que debía hacer: obedecer a su sentido común y no al deseo de su cuerpo.

Pero, ¿aceptaría Ash un no como respuesta? ¿O elegiría ir a buscarla y tomar lo que quería porque intuía que eso era lo que ella deseaba?

No podía seguir engañándose a sí misma.

Sin pensar, alargó la mano para ponerse un poco de perfume entre los pechos, en el cuello y en los muslos. Luego se puso brillo en los labios. Cuando volvió a mirarse al espejo, no reconocía a la chica que la miraba.

Respiró la deliciosa fragancia del perfume y un olor que se mezclaba con él. El olor de una mujer que desea a un hombre.

Sus pezones se endurecían solo de pensarlo.

Era una mujer al fin, dispuesta para su amante.

E iría a buscarla, pensó. Tenía que hacerlo...

Chellie se acercó a la puerta y descorrió el cerrojo. Luego apagó todas las luces, excepto la lamparita que había al lado de la cama.

Era su decisión. Solo tenía que llamar suavemente a la puerta y ella lo recibiría con los brazos abiertos.

Medía el tiempo por los latidos de su corazón. ¿Pasaba de verdad tan despacio?

Y cuando por fin oyó sus pasos bajando la escalerilla, su corazón se detuvo durante un segundo.

Chellie tragó saliva, esperando. Oyó que se detenía delante de su puerta. Luego un silencio. Hubiera querido llamarlo, pero sabía que no debía hacerlo.

Escuchó un ruido, vio que el picaporte se movía ligeramente. Todo su cuerpo se puso tenso de anticipación mientras esperaba que la puerta se abriera.

Pero no se abrió.

Y entonces lo oyó alejándose por el pasillo. Y luego oyó que la puerta de la suite se cerraba tras él.

Supo entonces que Ash no iba a volver. Que pasaría la noche sola. Chellie enterró la cara en la almohada, su cuerpo tan rígido y frío como una piedra.

Y entonces se puso a llorar.

Capítulo 7

CHELLIE se despertó temprano a la mañana siguiente y se quedó un momento en la cama, mirando el cielo sin nubes. El torrente de lágrimas de la noche anterior la había dejado agotada. Incluso tuvo que taparse la boca con la mano para que nadie la oyera sollozar. Y, por fin, se quedó dormida.

Pero tenía que levantarse y fingir que no pasaba nada. Y lo haría.

Quizá debería estudiar interpretación, pensó, mientras saltaba de la cama.

El perfume que se puso por la noche seguía en su piel haciéndola sentir náuseas. Nunca volvería a usarlo.

Estaba pálida, pensó al mirarse al espejo, y tenía los ojos rojos, pero aparte de eso tenía un aspecto más o menos normal. Su rostro no la delataría.

Después de darse una ducha rápida y ponerse unos pantalones de lino rosa con camisola a juego fue a la cocina. Aquella mañana no se le quemó el pan y los huevos no parecían de goma. Chellie asintió con la cabeza, contenta, antes de llamar con la campanilla.

Estaba poniendo la mesa en el salón cuando apareció Ash, con unos pantalones cortos.

–Veo que te has levantado temprano. ¿No has dormido bien?

–Me quedé dormida en cuanto me metí en la cama –mintió Chellie–. Pero después del lío que organicé ayer, he decidido levantarme temprano para que el desayuno saliera bien. No quiero que me tires al mar cuando estamos a punto de llegar a St. Hilaire.

Ash levantó una ceja.

–Todo tiene un aspecto... estupendo. Me sorprendes.

–No es para tanto –sonrió Chellie, sirviendo el café–. Intento no cometer los mismos errores dos veces, sencillamente. Bueno, voy a llevarle a Laurent el desayuno. ¿Está en la cabina?

–Lo haré yo, tú quédate aquí. Bajaré enseguida, Michelle. Tenemos que hablar.

Chellie lo observó salir del salón, pensativa. ¿De qué tenían que hablar?, se preguntó entonces si la habría oído llorar por la noche. ¿Cómo iba a explicárselo?

Y tampoco podía dejar que volviese y la encontrase mirando la comida como una tonta. Tenía que portarse de forma normal.

Suspirando, se sirvió una taza de café y untó mantequilla en una tostada.

Ash bajó enseguida y se sentó a su lado.

–He empezado sin ti –dijo Chellie–. Espero que no te importe.

–Puede que te resulte difícil creerlo, pero soy una persona muy tolerante.

–Intentaré recordarlo.

–Laurent me ha dicho que tu acento en francés es estupendo.

–Ah. Qué amable.

–Es una pena que estemos a punto de llegar a St. Hilaire. Si hubiéramos tenido más tiempo, podrías habernos mostrado otros talentos.

–Lo dudo –replicó Chellie–. Puedo cantar y hablar francés. No sé hacer mucho más.

–Y también sabes bailar –dijo Ash entonces–. No debemos olvidar eso. Aunque el número fuera... demasiado corto.

–Prefiero que no me recuerdes eso si no te importa.

–Me temo que yo no lo olvidaré. Es un recuerdo muy agradable. ¿Dónde aprendiste a hablar francés?

–Mi madre era francesa –contestó Chellie.

–Ah. Eso explica que tu nombre sea Michelle.

–No exactamente. Me pusieron ese nombre por mi abuelo. Murió unos días antes de que yo naciera. Si no hubiera sido por eso... –Chellie no terminó la frase.

–¿Qué?

–Mi padre no habría accedido. Él quería ponerme Elizabeth. De hecho, empezó a llamarme así cuando mi madre murió, hasta que por fin se convenció de que no servía de nada.

–Un hombre de carácter, ¿no? ¿Quién lo convenció?

–Mi niñera. El médico de la familia, mi tía Margaret. Pero eso da igual. Fue hace mucho tiempo.

–Pero tú te acuerdas.

«Me acuerdo de todo. Recuerdo cómo intentó borrar toda huella de mi madre, como si nunca hubiera existido o como si se hubiera ensuciado al casarse con una extranjera que trabajaba como cantante en un cabaret. Por eso intentó aplastar mi interés por la música».

–Algunas cosas son difíciles de olvidar. ¿Eso es lo que querías saber?

–No. Hay más cosas –suspiró Ash.

–¿A qué hora llegaremos a St. Hilaire?

–Después de comer.

–Ya veo –Chellie se mordió los labios–. ¿Y estás seguro de que no puedo hablar con el cónsul durante el fin de semana?

–Ni lo intentes. Si quieres tenerlo de tu lado, no vayas al consulado hasta el lunes. Además, ¿por qué tanta prisa?

–¿No se te ha ocurrido pensar que quiero seguir adelante con mi vida, Ash?

–Ni siquiera sabía que lo tuvieras tan claro. ¿Qué vas a hacer?

–Eso no es asunto tuyo.

–Te equivocas. Según la tradición, si alguien te salva la vida, tu vida le pertenece. Así que tengo interés en tu futuro, cariño.

–Hasta que te canses de hacer de Sir Galahad, ¿no?

–No estoy haciendo de nada, Michelle –suspiró él, cansado–. ¿Podemos dejar de pelearnos y hablar con un poco de tranquilidad?

–Muy bien –contestó ella, sin mirarlo–. Si insistes...

—¿Dónde piensas ir, a tu casa?

Chellie lo pensó un momento.

—Volveré a Londres, supongo. Conozco a gente allí. Supongo que podré quedarme en casa de algún amigo hasta que encuentre un trabajo.

—Dios mío.

—¿No te parece bien?

—He tenido pesadillas que me gustaban más.

—¿Por qué? He dormido en este barco y a ti no te conozco de nada.

—Qué raro que pienses eso —dijo Ash entonces—. A mí me parece como si te conociera de toda la vida.

A Chellie se le hizo un nudo en la garganta, pero intentó disimular. ¿Por qué le decía eso? ¿Qué quería de ella?

—¿Dormir en el sofá de alguien es la única idea que tienes?

—Por el momento. Pero no te preocupes, iré a casa de algún amigo.

—¿Uno de los amigos que te dejó escapar de tu casa con el canalla de tu novio?

—No les hablé de Ramón. No se lo conté a nadie.

—¿Y por qué tanto secreto?

«Porque tenía miedo de que se lo contaran a mi padre y que él me detuviera. Después de todo, lo había hecho antes».

—Hasta entonces mi vida era un libro abierto. Me gustaba esconder algo por primera vez. Era mi secreto —contestó, en cambio, encogiéndose de hombros—. Él decía que solo quería estar conmigo, con nadie más.

–Qué encanto de hombre –dijo Ash, irónico.

–Eso pensé yo entonces, pero no seré tan ingenua en el futuro. Me recordaré a mí misma que todo el mundo tiene intenciones escondidas.

–Pues no creo que eso te sirva mucho en futuras relaciones.

–No pienso tener ninguna –contestó Chellie, levantándose–. Pienso disfrutar de mi independencia.

–No me convences, cariño. Un día querrás besos, caricias... y una vida.

–¿Y volver a sufrir? No lo creo.

Ash se quedó en silencio unos segundos.

–No sabía que te hubiera hecho tanto daño. Lo siento. Pero no todos los hombres son como Ramón. Aprenderás a confiar otra vez, Michelle. Te prometo que lo harás.

–Deberías escribir una columna de consejos en alguna revista –replicó ella–. Consejos para las tontas que se dejan engañar. Garantízame que podré hablar con el cónsul el lunes por la mañana y me harás completamente feliz.

–¿Tú crees? Yo diría que te equivocas, Michelle. De hecho, dudo que descubras el significado de la palabra «feliz» algún día.

Y después de decir eso salió del salón, dejándola perpleja.

La serpenteante carretera bordeaba la costa y Chellie iba observando la playa de arena blanca por encima de las hojas de las palmeras. El mar era cambiante, de color azul turquesa en unas zonas, verde esmeralda en otras. Era un paisaje bellísimo.

Aunque no tuvo mucho tiempo para admirarlo. Estaba más preocupada por agarrarse al asiento del jeep que la llevaba... no sabía dónde.

El conductor, Alphonse, era un chico muy alegre que iba silbando mientras conducía.

Le había preguntado dónde la llevaba, pero él contestó encogiéndose de hombros:

–No muy lejos.

Seguramente lo más sensato habría sido enterarse de cuál era su destino antes de subir al jeep, pero se sintió tan aliviada al saber que Ash no iría con ella, que cualquier otra consideración fue inmediatamente olvidada.

Sus últimas horas a bordo del Le Beau Rêve no fueron fáciles. Había intentado evitar a Ash y él pareció hacer lo mismo. Afortunadamente, pronto vieron tierra y se quedó apoyada en la barandilla, disfrutando del paisaje.

Laurent se acercó, suspirando satisfecho.

–En casa al fin –dijo, señalando el pico de una montaña–. Esa es L'Aiguille, nuestro volcán. Es gracias a esa montaña por lo que nuestros campos son tan fértiles.

–¿Un volcán? –repitió Chellie–. ¿No es peligroso?

–No está activo. Incluso puedes subir a ver el cráter.

–Creo que paso –rio ella–. Además, no me quedaré lo suficiente como para ir de excursión. Quiero marcharme a Londres lo antes posible.

–¿Lo antes posible? Me parece que esa frase no existe en la isla.

Chellie sonrió, pero entonces vio por el rabillo del ojo que Ash los estaba observando desde la cabina y decidió bajar a su camarote. Allí guardó en una bolsa un vestido de lino beige y unas sandalias de tacón. Si tenía que enfrentarse con el cónsul lo mejor sería hacerlo con el aspecto de alguien que está pasando por un mal momento y no como una patética criatura en camiseta.

Cuando llegaron al muelle de St. Hilaire le sorprendió ver que era más grande de lo que había pensado. Chellie se dio cuenta de que, mientras a Laurent lo recibían con abrazos y palmaditas en la espalda, a Ash lo trataban con respeto. ¿Por qué?, se preguntó. Pero esa pregunta no iba a tener respuesta.

–*Mademoiselle* Michelle –se despidió Laurent, apretando su mano–. *Au revoir*. Cuando volvamos a vernos, espero que se haya convertido en una gran cantante.

Seguramente no volverían a verse. Y definitivamente no iba a convertirse en una gran cantante. Pero Chellie se despidió afectuosamente de él.

–He reservado habitación para ti –dijo Ash, apareciendo de repente a su lado–. Siento no poder acompañarte. Alphonse te llevará –añadió, señalando a un chico alto y delgado.

Ash no le dio ninguna otra explicación, le deseó feliz viaje y se dio la vuelta.

Y eso era, se dijo Chellie a sí misma mientras subía al jeep, exactamente lo que ella quería.

«Tengo que dejar de pensar en él de una vez por todas. Se acabó. El viaje ha terminado y Ash Brennan tiene que desaparecer de mi vida o me volveré loca».

Esperaba que Alphonse la llevase a algún pequeño hotel en el propio St. Hilaire, pero habían dejado atrás la capital y el jeep seguía rodando por la carretera.

Quizá la llevaba a alguna otra playa, a uno de esos lujosos hoteles para turistas. Y aunque la idea de relajarse durante un par de días era más que apetecible, no quería estar muy lejos de la capital porque debía presentarse en el consulado el lunes a primera hora.

Quizá Ash lo había olvidado, pero no lo creía. No parecía el tipo de persona que olvidaba esas cosas.

Pero, ¿qué sabía ella? Le había contado muy poco sobre sí mismo y...

«¡Mi pasaporte!», pensó entonces. Había olvidado pedirle el pasaporte.

Chellie se volvió hacia Alphonse.

—Tenemos que volver. Tengo que ver al señor Brennan, es muy importante.

Pero Alphonse dijo algo en el dialecto local y siguió conduciendo como si tal cosa.

—No, tienes que volver. Es un asunto de vida o muerte.

Por un momento pensó que iba a obedecerla porque giró el volante del jeep. Pero en lugar de dar la vuelta tomó un camino de tierra en el que Chellie no se había fijado.

—¿Dónde estamos?

Alphonse señaló con la mano un cartel de madera que decía «Arcadie».

–¿Qué es eso?

Por supuesto, Alphonse no contestó. Pero parecían estar descendiendo hasta un valle, metiéndose en un túnel verde donde la vegetación casi tapaba el sol. A través de las ramas de los árboles, Chellie podía ver un tejado rojizo.

–¿Es el hotel?

–*Oui, mademoiselle*. Arcadie.

–Pero yo no puedo alojarme aquí. Necesito mi pasaporte y lo tiene el señor Brennan. Se le olvidó dármelo cuando bajamos del yate y tengo que recuperarlo. ¿Me entiendes, Alphonse?

Él asintió con la cabeza, sin dejar de sonreír y sin dejar de pisar el acelerador.

Chellie pensó que iba con un loco. Tenía que ser el loco oficial de St. Hilaire. Y si el edificio que empezaba a vislumbrar era un hotel, parecía muy pequeño. Aunque quizá tenía bungalows...

Pero tampoco podía ver una piscina. St. Hilaire no era precisamente un destino turístico, pero si había algún hotel sin duda tendría piscina.

Además, le apetecía muchísimo nadar.

En Londres solía hacerlo todas las semanas. Nadaba en la piscina de su casa por la mañana hasta que quedaba agotada para olvidar la frustración de su vida.

Allí tenía que exorcizar otros demonios y la idea de estirar sus miembros en el agua era casi irresistible.

Una ducha fría no sería lo mismo, claro. Eso, si el hotel tenía baños modernos...

Pero cuando por fin llegaron y pudo ver bien el edificio, tuvo que reconocer que era precioso. Y el jardín estaba muy bien cuidado.

En el primer piso había un porche cubierto y en el segundo, una terraza. Pero todo estaba en silencio. Chellie solo podía oír el canto de los pájaros.

La puerta se abrió entonces y un hombre mayor salió a recibirlos.

–*Mademoiselle* –sonrió, tomando su bolsa–. Me llamo Cornelius. Bienvenido a Arcadie.

–Gracias –dijo Chellie, sorprendida–. Pero me parece que esto es un error y...

Acababa de bajar del jeep y Alphonse arrancó de nuevo a toda velocidad, dejando atrás una nube de polvo.

–Pero bueno... ¡No te vayas! No puedes dejarme aquí...

–No se moleste, *mademoiselle* –dijo Cornelius–. Está usted segura aquí. La llevaré a su habitación y Rosalie, mi mujer, le hará un té helado.

–Si es usted el propietario, tengo que decirle una cosa... No tengo pasaporte ni dinero y necesito que ese chico me lleve de vuelta a la capital...

–Aquí no necesita nada, *mademoiselle*. Y no soy el propietario de Arcadie, solo un empleado. Y usted es la invitada de honor.

Chellie lo miró, cada vez más sorprendida. ¿Dónde estaba? ¿Qué era aquel sitio?

Sin embargo, se dejó llevar hasta un fresco vestíbulo con las paredes pintadas de color marfil y el suelo de madera clara.

No había mostrador de recepción, ni botones, nada que se pareciera a un hotel.

–Esto es muy tranquilo. ¿Cuántos clientes... invitados hay?

–Solo usted, *mademoiselle* Greer.

–Entiendo.

No era cierto, no entendía nada, pero no tenía sentido ponerse a discutir. De modo que siguió a Cornelius por la escalera.

–¿El hotel acaba de abrir, es nuevo?

–¿Hotel? –repitió el hombre–. Arcadie es una casa privada, *mademoiselle*. Está aquí por invitación del señor Howard.

–Pero tiene que ser un error. Yo no conozco a ningún Howard. Tengo que hablar con él...

–El señor Howard está en Estados Unidos.

–¿En Estados Unidos? Entonces, ¿cómo ha podido...? Ah, me parece que ya lo entiendo.

Todo era cosa de Ash Brennan. Una vez más, confiando en la buena fe de su jefe, la había enviado a su casa. Debía tener una excelente relación con él.

–Dígame, Cornelius, ¿el señor Howard es propietario de un yate que se llama Le Beau Rêve?

–*Mais bien sûr, mademoiselle*. ¿Hay algún problema? ¿Sigue queriendo marcharse?

–No, en absoluto. ¿Por qué no voy a quedarme en su casa? Después de todo, he disfrutado de su hospitalidad durante dos días. He navegado en su yate, he comido su comida y me he puesto la ropa de su hija. Porque tiene una hija, ¿verdad?

–Desde luego. *Mademoiselle* Julie está con él en Florida.

–Qué bien –sonrió Chellie–. Espero no tener que dormir en su cuarto. No quiero que vuelva y la encuentre ocupada.

De hecho, no quería que volviera, pensó, al recordar la fotografía.

–Le hemos puesto en la suite de invitados, *mademoiselle*. Pero no esperamos ni al señor Howard ni a la señorita Julie.

Mejor.

A pesar de todo, Chellie se sintió encantada al entrar en la suite. Las paredes del saloncito estaban pintadas de color azul cielo, los muebles eran de ratán y las cortinas de lino blanco se movían con la brisa. Era una habitación encantadora.

La cama tenía un edredón bordado a mano en tonos azules y en el cuarto de baño había, además de una ducha de hidromasaje, un jacuzzi. Era como estar en el cielo.

Tanto que, de nuevo, sus ojos se llenaron de lágrimas.

–Es preciosa, Cornelius. Gracias.

–Si le da su vestido a Rosalie, ella lo lavará y lo planchará.

Chellie debía de estar acostumbrada a eso siendo hija de quien era, pero nunca lo había agradecido tanto en toda su vida.

Después de darse un largo baño se envolvió en un albornoz y se dejó caer sobre la cama, agotada.

Entonces una mujer mayor asomó la cabeza en la habitación.

–¿Quiere un refresco, *mademoiselle*? ¿Un té, un zumo de piña? –sonrió, empujando un carrito.

–Un té helado me vendría muy bien, gracias.

–De nada, *mademoiselle*.

–Espero no estar molestándolos demasiado. Pensé que el señor Brennan me llevaría a un hotel.

–Es usted amiga del señor Ash, así que tenía que venir aquí. El señor Howard así lo habría querido.

¿De verdad? Chellie lo dudaba.

–Rosalie, tengo que ponerme en contacto con Ash urgentemente. ¿Puedo llamarlo por teléfono?

–Pues... es que no sé dónde estará –dijo Rosalie, muy concentrada en arreglar las almohadas de la cama.

–Pero esta isla es pequeña. Tiene que estar localizable en alguna parte.

–No es tan fácil, *mademoiselle*. Pero le preguntaré a Cornelius.

¿Qué estaba pasando allí? Ash vivía en alguna parte. Laurent le dijo que tenía casa en St. Hilaire, de modo que debían poder localizarlo.

A menos que hubiese dado instrucciones de que no lo hicieran, claro. Daba igual. Tenía que encontrarlo como fuera.

Veinticuatro horas en St. Hilaire y se marcharía de allí. Y quizá entonces podría olvidar... y curar sus heridas. Chellie suspiró, deseando poder creerlo.

Capítulo 8

LE había parecido buena idea dar un paseo. Explorar Arcadie más allá de los confines del jardín.

Pero con el sol dando de plano en su espalda, una escolta de pesadísimo insectos y una aparentemente impenetrable muralla verde frente a ella, Chellie pensó que no había sido tan buena idea.

Pero tenía que hacer algo, se dijo, apartando unas ramas para buscar el camino que había seguido desde la casa... y que parecía haber perdido.

Por favor, lo que le faltaba, que Cornelius tuviera que ir a rescatarla.

Habría sido más fácil quedarse en la terraza tomando té helado y terminando los pastelillos de canela que Rosalie le había subido.

Pero entonces no habría dejado de darle vueltas a la cabeza, no habría dejado de pensar y tenía que hacerlo. Mientras intentaba encontrar el camino pensó en el volcán, que había dejado a su espalda. Había que tener valor para construir una casa allí... Supuestamente, los volcanes no morían del todo, solo estaban dormidos. De modo que eran una amenaza constante.

Y le habría gustado conocer al señor Howard, el intrépido hombre que construyó allí su hogar, retando a los dioses de los huracanes y los seísmos.

Más allá del jardín, la naturaleza florecía en todo su esplendor tropical. Y no debía arriesgarse más. Lo que le convenía era volver a la civilización y quedarse allí.

Entonces, ¿por qué no lo hacía? Porque, por el momento, le apetecía pasear, ver aquel sitio tan distinto. Además, Rosalie le había dado la mala noticia de que ni ella ni Cornelius tenían el número de teléfono de Ash.

De modo que, de nuevo, estaba en una situación de impasse.

Cuando se abría paso entre las enormes ramas de una palmera, Chellie oyó un ruido de agua. Con cuidado para no torcerse un tobillo con las raíces que sobresalían de la tierra se acercó un poco más... sus oídos no la habían engañado. Estaba frente a una cascada que terminaba en una especie de piscina natural de agua cristalina. ¡La piscina que había soñado! Y debía ser segura porque alguien había construido un trampolín.

Uno de los insectos que la acompañaban rozó su piel y Chellie lo apartó de un manotazo, impaciente, sin dejar de mirar el agua. Era una tentación imposible de resistir.

Podría volver a la casa y buscar el bañador, pero...

Impulsivamente, Chellie se quitó las sandalias y luego la blusa, que dejó sobre una piedra al lado del trampolín. Se quitó entonces los pantalones y las braguitas, subió al trampolín y se tiró de cabeza.

El agua era tan fresca, tan deliciosa. Se hundió casi hasta el fondo y luego pataleó para sacar la cabeza, riendo y jadeando a la vez.

Nunca había nadado desnuda y se sintió casi culpable de disfrutar tanto.

Después de bucear un poco empezó a nadar con fuerza, sus músculos moviéndose de forma coordinada. Cómo lo había echado de menos. Por primera vez en mucho tiempo, pensó, mientras flotaba mirando el cielo, casi se encontraba en paz consigo misma.

Si algún día tenía un barco lo llamaría Náyade en honor a aquella tarde.

En su situación, era ridículo hacer planes, pero se sentía optimista, imaginaba un futuro en el que controlaría su vida, que tendría un barco...

Todo el mundo necesita soñar con algo, se dijo.

Nadó despacio hasta el otro lado para colocarse bajo la cascada y disfrutó del golpe del agua sobre su piel. Agarrándose a una piedra, se dio cuenta de que sus pezones se endurecían involuntariamente.

Se sentía voluptuosa, feliz... sin embargo, el instinto la hizo volver la cabeza.

Ash estaba al otro lado de la cascada, mirándola. Parecía sereno, pero el brillo de sus ojos lo delataba.

Lo lógico era que Chellie hubiera intentado cubrirse con las manos, pero era demasiado absurdo en aquella situación. Además, quería que la mirase.

Era cierto, deseaba que la mirase.

Solo había una solución, de modo que Chellie se tiró al agua.

–¿Qué demonios haces ahí?

–Me he invitado a cenar. El pescado al limón que hace Rosalie es famoso en la isla. Como tantas cosas en Arcadie.

–¿Y por qué has venido precisamente aquí?

–Porque este es mi sitio favorito –contestó él, encogiéndose de hombros–. Además, imaginé que tú también vendrías. Es un sitio precioso, ¿verdad?

–Precioso. Pero tengo un poco de frío y me gustaría salir del agua. Si no te importa.

–No, claro. Pero no es tan fácil. Será mejor que tomes mi mano.

–De eso nada –replicó Chellie.

–No tienes otra opción.

–Sí la tengo. Puedo quedarme aquí hasta que tengas la decencia de marcharte.

–Es un poco tarde para hacerse la ingenua, ¿no? Especialmente ahora, cuando la imagen de tu cuerpo desnudo bajo la cascada ha quedado grabada en mi mente.

Chellie no dijo nada y Ash empezó a desabrocharse la camisa.

–Por supuesto, podría nadar un rato contigo. Hace calor y un poco de... estimulación sería muy agradable.

–No te atrevas –dijo ella.

–¿Esta poza no te parece suficientemente grande para los dos? Bueno, puede que tengas razón. Pero tú ya llevas en el agua mucho rato,

¿no? Venga, sal de una vez. Cerraré los ojos si así te sientes mejor.

—¿Te importaría marcharte?

—No. Pero prometo darme la vuelta.

Chellie podía quedarse en la poza hasta que se fuera, pero no se sentía tan valiente. Tenía frío, además. De modo que nadó hacia la orilla donde él esperaba con los ojos cerrados.

Al oírla llegar, Ash alargó la mano y ella la tomó, mientras se apoyaba en una piedra para darse impulso.

—Gracias. Ahora, date la vuelta, por favor.

—Como tú digas —sonrió él—. Pero estabas más guapa cuando no te habías puesto azul de frío.

—¿No me digas? —replicó Chellie, vistiéndose a toda prisa—. Pues tú serías igual de feo te pusieras del color que te pusieras.

Ash soltó una carcajada.

—Señorita Greer, no sea grosera. Cualquiera diría que nunca se había bañado desnuda.

Chellie no contestó.

—¿Nunca te habías bañado desnuda? Otra más en una larga lista de experiencias que te has perdido.

—¿Te importaría especular en voz baja? No me interesan tus comentarios. Mi vida es asunto mío.

—Olvidas de nuevo que yo te salvé, así que tu vida me pertenece.

—Yo no creo en esa ridícula superstición. Y ya puedes darte la vuelta, estoy vestida.

Ash se volvió, mirando descaradamente sus pechos.

—Ya veo. Pero la memoria es una cosa estupenda.

–Yo prefiero la amnesia total –replicó ella–. Daría lo que fuera por olvidar lo que ha pasado durante las últimas semanas... especialmente, las últimas veinticuatro horas.

–Pero desgraciadamente eso es imposible, Michelle. Además, Rosalie y Cornelius creen que somos amigos y será mejor no decepcionarlos.

–Muy bien –asintió Chellie.

–¿Qué te parece Arcadie?

–Es un sitio... asombroso. Este señor Howard parece tener mucha confianza en ti, ¿no?

–Nos conocemos desde hace tiempo.

¿Y Julie? Por supuesto, Chellie no se atrevió a hacer la pregunta en voz alta.

–Mi pasaporte –dijo en cambio–. Se te olvidó dármelo cuando llegamos a St. Hilaire. ¿Lo has traído?

–No. Supongo que sigue en el barco. Pero no te preocupes, está en lugar seguro.

–Sí, lo sé.

–Ya me lo imaginaba –sonrió Ash–. Pero era lógico que lo intentases.

Chellie, intentando caminar delante de él con toda la dignidad de la que era capaz, estuvo a punto de sacarse un ojo con una rama.

Cuando por fin llegaron a la casa, se volvió para mirarlo.

–Dime una cosa. ¿Por qué me has traído aquí en lugar de buscarme una habitación en St. Hilaire?

–Pensé que este sitio te gustaría.

–Y me gusta. Pero está completamente aislado.

–Ese es parte de su encanto. Yo vengo aquí cuando quiero descansar, o cuando quiero pensar.

Creí que te vendría bien. Y cuando descubrí que habías encontrado la cascada, creí que no me había equivocado. Es el sitio más bonito de la isla y, a partir de ahora, tiene un doble encanto para mí.

–No digas eso...

–¿Por qué no? Ahora que, por fin, he logrado hacer realidad mi fantasía. Estabas tan preciosa, tan vulnerable... que habría caminado sobre el agua si me hubieras hecho una señal –dijo Ash entonces.

–No me digas esas cosas. No tienes derecho.

–No, es verdad. No tengo derecho. Pero nada puede evitar que un hombre sueñe. Recuerda eso, Michelle.

«Una señal». Nunca sabría lo cerca que había estado de hacerla la noche anterior, en su camarote. Afortunadamente, tuvo el suficiente sentido común.

Pero cada segundo que pasaba con Ash era un peligro.

–Nada puede evitar que yo sueñe también –dijo entonces, encaminándose hacia la casa.

A pesar del calor, Chellie sentía frío cuando llegó a su habitación. Se quitó la ropa mojada y se secó vigorosamente con una toalla para entrar en calor. Cuando estaba poniéndose el albornoz de algodón blanco alguien llamó a la puerta.

Chellie se puso tensa, pensando que sería Ash. Temiéndolo y deseándolo al mismo tiempo.

–*Mademoiselle*, soy Rosalie. Tengo algo para usted.

Chellie dejó escapar un suspiro mientras abría la puerta.

–Esto es suyo, *mademoiselle* –sonrió Rosalie, mostrándole una caja–. El señor Ash dice que se lo había dejado.

–Tiene que haber un error...

–Es suyo, lo ha dicho el señor Ash –insistió ella, poniendo la caja en sus manos.

–Será mejor que hable con él.

–Se ha ido, *mademoiselle*. Pero volverá para la cena. El señor Ash no se perdería mi pescado al limón por nada del mundo.

Después, Rosalie desapareció por el pasillo.

Chellie dejó la caja sobre la cama, como si temiera que fuese a explotar. Todas sus posesiones... y algunas cosas que no eran suyas estaban allí en la habitación, pensó, arrugando el ceño. ¿A qué estaba jugando?

Abrió la caja, apartó el papel cebolla... y se quedó helada. Dentro había un vestido precioso. Entusiasmada, lo sacó de la caja. Era de seda y cambiaba de color, del gris perla al plata según la luz. Era exactamente el vestido que ella hubiera comprado.

Una vocecita le decía: «Pruébatelo», pero el sentido común le dijo que lo devolviera a la caja. Porque estaba segura de que le quedaría bien y también estaba segura de que no podría quitárselo.

Mientras lo doblaba, un papelito cayó al suelo. Chellie se agachó para recogerlo. Era una nota escrita a mano:

Michelle, es solo un pequeño detalle, así que no me lo tires a la cara.

Además, podríamos fingir que es tu cumplea-ños.

Chellie leyó la nota una y otra vez hasta que las letras se hicieron borrosas. ¿Dónde habría adquirido Ash esa habilidad para engatusarla?

Negarse a ponerse el vestido parecería una descortesía, una ridiculez. Pero era el primer regalo que recibía de un hombre. Ni siquiera de su padre, cuyos regalos le llegaban a través de la niñera cuando era pequeña y de su secretaria cuando se hizo mayor.

¿Cómo un hombre al que apenas conocía podía haberle comprado algo tan bonito, algo tan especial? ¿Cómo era posible que un extraño de quien no sabía nada pudiera haberse metido en su corazón de esa forma? Era como si hubiera estado destinada a conocerlo, como si siempre lo hubiera esperado. Sin embargo, ¿no le había enseñado la vida que no debía creer en los finales felices? ¿No había visto la fotografía de aquella chica en su cajón? Una chica que seguramente no tendría ninguna sombra en su pasado y sí un futuro brillante... al contrario que ella.

–La alegría del amor –murmuró para sí misma– dura un momento.

Pero si el destino le ofrecía ese momento lo aceptaría, pensó. Y al demonio con las consecuencias. Al menos tendría algo, un precioso recuerdo que llevarse a casa después de tantas amarguras.

Además de aquel precioso vestido que no se pondría, pero que guardaría para siempre.

Chellie cerró la caja y se dejó caer sobre una de las hamacas de la terraza, pensativa.

Se quedó en la habitación hasta el último momento.

Era extraño, pero el vestido que se llevó del local de Mama Rita ya no le parecía tan provocativo. Cuando se miró al espejo, y con su nuevo bronceado, se sentía sexy, guapa.

¿Sería eso suficiente?

En fin, enseguida iba a enterarse.

Ash estaba en el salón, mirando hacia el jardín con una copa en la mano y, al oírla entrar, se volvió con una sonrisa en los labios. La sonrisa desapareció al ver el vestido.

—Bueno, no es tu cumpleaños, pero puede que sea el mío —dijo, levantando su copa.

Chellie se encogió de hombros.

—He decidido quedarme en territorio conocido.

—Muy valiente. En vista de los recuerdos que debe traerte...

—No son tan malos —lo interrumpió ella—. Pero el vestido que me enviaste es espectacular. Pareces saber mucho sobre mujeres.

—Supongo que podría hacer una broma, pero no voy a hacerlo.

—Me parece muy bien. Y seguro que encontrarás a otra que se beneficie de tu buen gusto.

—Lo compré para ti —dijo Ash entonces—. No puede haber sido agradable para ti llevar ropa que no era tuya durante todo este tiempo. Solo quería que tuvieses algo que fuera tuyo.

«Yo también deseo eso», pensó Chellie.

–Ha sido muy amable por tu parte.

¿O no? Quizá lo había comprado porque no le gustaba verla con la ropa de su chica...

–Haz lo que quieras –suspiró Ash, sirviéndole una copa–. Es la especialidad de la isla. Cornelius lo prepara como nadie.

Chellie tomó un sorbo y tuvo que toser.

–¿Qué lleva?

–Además de ron, no tengo ni idea –sonrió Ash–. Corney no quiere soltar palabra.

–¿Corney? Cornelius parece demasiado digno como para ese diminutivo.

–Sí, pero me lo perdona todo.

–¿Todos tus pecados?

–Mejor no hablamos de eso. Aunque seguramente te llevarías una desilusión.

–¿Por qué?

–No lo sé, no recuerdo de qué estábamos hablando. Será este licor. Ataca las neuronas y afecta al comportamiento. Voy a salvarte de sus consecuencias –sonrió él, quitándole la copa de la mano–. ¿Vamos a cenar?

–A lo mejor yo no quiero que me salves. ¿Se te ha ocurrido?

–Se me han ocurrido muchas cosas y después de cenar tú y yo tenemos que hablar muy en serio. Venga, vamos a cenar antes de que Rosalie se enfade.

La cena fue deliciosa. Empezaron con una crema de aguacate, después un pescado hecho al limón que prácticamente se derretía en la boca y luego un sorbete de mango. Todo ello regado por un vino blanco, fresco, que animaba su espíritu.

Charlaron sobre la isla, sobre su historia, el volcán... nada de temas personales. Pero cuando estaban tomando el café, le sorprendió que Cornelius les diera las buenas noches.

—Gracias por todo, Corney —sonrió Ash—. Y dile a Rosalie que su pescado no tiene rival.

Cuando el hombre desapareció, él sacó su pasaporte del bolsillo.

—Creo que esto es tuyo.

—Gracias —sonrió Chellie—. ¿Fuiste a St. Hilaire solo para buscarlo?

—Era hora de resolver el asunto. Tú parecías muy interesada.

—Lo necesito para presentarme ante el cónsul el lunes.

—Si quieres esperar hasta entonces.

—No me queda más remedio —dijo ella.

—Yo puedo dejarte dinero si quieres. Podrías tomar una avioneta hasta Barbados mañana.

—¿Por qué iba a hacer eso? —preguntó Chellie, nerviosa.

—Porque tienes que seguir adelante con tu vida.

—Gracias, pero creo que ya has hecho más que suficiente. Soy una ciudadana británica con problemas y estoy segura de que el cónsul me ayudará.

—¿Qué vas a contarle? —preguntó Ash—. No creo que sea muy sensato hablarle de Ramón y del local de Mama Rita. Piénsatelo, Chellie. Mañana volveré a primera hora para que me digas qué has decidido.

–¿No vas a quedarte a dormir?

Ash apartó la mirada.

–Es mejor que no.

–Ah, ya veo. Si quieres marcharte...

–¿No quieres tomar una copa?

–No debería beber más alcohol –contestó ella–. Podría decir o hacer algo de lo que me arrepintiese después.

Ash dejó escapar un suspiro.

–Mira, creo que me he explicado mal.

–Al contrario, te has explicado perfectamente –lo interrumpió Chellie–. Tú también tienes que seguir adelante con tu vida y lo entiendo. Quizá acepte tu oferta.

–No estoy intentando librarme de ti.

–Ya, claro. ¿Sabes una cosa? He decidido aceptar tu oferta. Me iré de aquí mañana. Y te devolveré el dinero, no te preocupes.

–En ese caso –dijo Ash levantando su copa–, brindemos por el futuro.

–Por el futuro –repitió ella.

Tenía un nudo en la garganta. Unas horas más tarde, se iría de St. Hilaire y todo habría terminado. ¿Por qué le había ofrecido dinero para tomar un avión? ¿Su novia estaría a punto de volver?

–Si tienes que conducir, no deberías beber.

–Tienes razón. Pero Corney me llevará si se lo pido.

–Ah, claro. Dime una cosa. Esa música... no la reconozco.

–Es un disco de Rosalie. Ella es originaria de Martinique y le gustan los ritmos tropicales.

–A mí también –sonrió Chellie, moviéndose por la habitación.

No tenía que mirar por encima del hombro para saber que Ash la estaba observando. Quizá la noche no había terminado. Quizá...

–Chellie, déjalo.

Ella se volvió, sorprendida.

–¿Por qué? Una vez quisiste que bailara para ti.

–Baila conmigo, Chellie, no para mí –dijo Ash entonces.

–Te acercas y luego te alejas. ¿A qué juegas, por qué haces eso?

–Porque siempre me acuerdo de que no tengo derecho a acercarme –suspiró él–. Porque hay cosas sobre mí, sobre esta situación, que tú no sabes. Cosas que podrían cambiarlo todo.

–No tienes que contarme nada. No es necesario. Ya sé lo que intentas decir.

–¿Lo sabes? –repitió él, sorprendido–. ¿Laurent? ¿Te lo ha contado él?

–No, tu amigo es muy discreto. Simplemente, me lo he imaginado. No soy tonta.

–Deja que te explique...

–No hay nada que explicar. Lo sé y con eso basta. No quiero saber nada más.

–Si eso es lo que quieres... Yo no quería hacerlo, Chellie, créeme.

–Hay algo que tú deberías saber –dijo ella entonces–. No me importa.

–Pero debería importarte.

–¿Aunque te jure que me da igual? ¿Aunque te diga que me iré mañana? Ash, pase lo que pase entre nosotros será un secreto. Nunca te pediré nada. Nadie sufrirá por ello.

–Ojalá yo pudiera estar tan seguro.

–A menos que... que no me desees –dijo Chellie entonces en voz baja–. ¿Es eso?

–Te deseo. Te deseo desde que te vi en el local de Mama Rita. En el maldito barco apenas pude pegar ojo –murmuró Ash, apretando los dientes–. Tuve que hacer un esfuerzo sobrehumano para no tocarte.

–Pues no hagas un esfuerzo esta noche. Quédate. Quédate conmigo, por favor.

–Nada podría alejarme de ti –musitó él entonces, tomándola en brazos.

Capítulo 9

LA lamparita que había al lado de la cama estaba encendida y alguien había abierto la cama.

Ash dejó a Chellie en el suelo con suavidad y tomó su cara entre las manos.

—Estás temblando. ¿Tienes miedo?

«Ojalá no me hubieran cortado el pelo. Ojalá no me sintiera tan tonta, tan inexperta. Y, sobre todo, ojalá fuera preciosa y rubia, con unos dientes perfectos».

—De mí misma. De desilusionarte —dijo por fin.

Él sonrió.

—Eso sería imposible.

—Ha ocurrido antes. Él me dijo que... yo no sabía cómo satisfacer a un hombre. Que no era una mujer de verdad.

—Dios mío. Pero tú debías saber que eso no era verdad... ¿o tus experiencias anteriores también fueron desastrosas?

Chellie negó con la cabeza.

—No tenía otras experiencias. Ramón fue el primero.

Ash la miró, en silencio.

–Lo siento, Chellie. No lo sabía. Pensé que... al demonio con lo que pensé.

Ella cerró los ojos, respirando el delicioso aroma de su colonia.

–Dijiste que tenías una fantasía sobre mí... a lo mejor deberíamos dejarlo así.

–Para empezar, no vuelvas a confundirme con ese Ramón. Además, mi fantasía ha cambiado desde esta tarde. Sigues siendo exquisita desnuda, pero ahora estás en mis brazos y puedo tocarte además de mirarte.

–¿Qué soñabas, Ash?

–Soñaba que me besabas, que te abrías para mí, que me tenías tan dentro que era una agonía, que decías mi nombre en voz baja...

Chellie estaba temblando. Pero ahora de deseo. Un deseo que no tenía por qué disimular.

–Sueñas unas cosas preciosas.

–Y voy a hacerlas realidad. Vamos a hacerlas realidad juntos.

Entonces buscó su boca y Chellie tuvo que enredar los brazos alrededor de su cuello porque le fallaban las piernas. Abrió los labios para él, para recibir sus caricias y devolverlas, para disfrutar de la dulzura de su boca.

Cuando Ash levantó la cabeza, sus ojos azules estaban nublados de deseo. La acarició con manos temblorosas por encima del vestido hasta que encontró la cremallera. Cuando empezó a bajarla, el vestido cayó al suelo, dejando sus pechos desnudos al descubierto.

–Mirarte ya nunca será suficiente. Te deseo toda –dijo con voz ronca.

Sus pechos parecían florecer con sus caricias, sus pezones endureciéndose bajo las yemas de los dedos masculinos. Ash los apretó suavemente antes de inclinar la cabeza para besarlos, chuparlos, morderlos delicadamente.

Chellie se había quedado solo con el tanga y sintió escalofríos cuando él empezó a acariciar sus muslos, mirándola a los ojos, haciéndola sentir un tormento entre las piernas.

Murmuró algo incoherente cuando él le quitó el tanga y dio un paso atrás para admirarla a placer. Luego la tumbó sobre la cama, a su lado, acariciándola con manos expertas.

–Tú no te has quitado la ropa.

–Hay tiempo para eso. Tenemos toda la noche por delante.

Siguió acariciándola, su boca siguiendo el camino de sus manos, encontrando cada lugar secreto. Cuando por fin puso la mano entre sus piernas, sus dedos despertaron un incendio mientras acariciaba el capullo escondido entre los rizos oscuros.

Chellie podía oír sus propios jadeos, sentir los rápidos latidos de su corazón.

Él la llevaba al borde de un precipicio desconocido para apartarse después, dejándola sin aliento. Sin dejar de acariciarla, tiraba de sus pezones con los labios, hacía círculos con la lengua... volviéndola completamente loca, haciendo que perdiera la cabeza.

La sensación crecía y crecía hasta que no pudo más. No sabía qué iba a pasar, si iba a desmayarse, si iba a morirse, pero era demasiado tarde porque no podía parar, había perdido el control.

Y cuando por fin llegó al final, agarrándose a la camisa de Ash como si temiera por su vida, cuando el placer la envolvió como una ola gigante y desconocida, sintió que sus ojos se llenaban de lágrimas y murmuró su nombre.

Se quedó exhausta y perpleja en sus brazos mientras él besaba sus párpados con delicadeza, murmurando lo preciosa que era. Llamándola «cariño», «ángel», «cielo»...

—Entonces, ¿era esto? —preguntó cuando pudo encontrar la voz.

—Solo para los que tienen suerte —sonrió él.

—Pero solo he sido yo —murmuró Chellie, volviéndose para acariciar su torso.

—Ha sido con toda intención —dijo Ash, con los ojos brillantes.

—¿Por qué?

—Porque quería probarte algo.

—¿Qué?

—Que nunca podrías desilusionar a un hombre, ni en la cama ni de ninguna otra forma. Chellie Greer, eres toda una mujer.

—Eso es lo más bonito que me han dicho nunca.

—Gracias. Y, por favor, no dejes de tocarme. Me gusta.

Chellie empezó a desabrochar su camisa.

—Yo también tengo muchas fantasías.

—Ah. ¿Y desnudarme es una de ellas?

—Solo una de ellas.

—Ya veo. ¿No quieres esperar un poco para recuperarte?

Ella le quitó la camisa y la tiró al suelo.

–Tú mismo has dicho que soy toda una mujer. Tengo una reputación que mantener.

Entonces llegó a la cremallera del pantalón.

–Por ahora lo estás haciendo muy bien –dijo Ash con voz ronca.

–Aún no has visto nada.

–Espero sobrevivir.

–No creo que estés en peligro. Después de todo, esta es mi primera vez, pero no la tuya.

Ash tomó su mano entonces, deteniéndola.

–Chellie, dejemos el pasado atrás. Hace un mes, dos meses... ni siquiera sabía que existieras.

Ella se colocó encima y empezó a pasar la lengua por sus labios.

–Pero ahora sí lo sabes, ¿no?

–Sí.

En un segundo, Ash se quitó pantalones y calzoncillos y la colocó encima. Luego, con un suspiro ronco de satisfacción, la hizo descender hasta que se perdió dentro de ella.

Chellie abrió mucho los ojos, sorprendida del tamaño, de la dureza... y del placer que obtenía al poseerlo.

–¿Qué pasa?

–Me gusta... sí, sí.

Entonces empezó a moverse. Despacio al principio, luego con un ritmo instintivo.

Él la miraba con los ojos entrecerrados, sin dejar de acariciarla. Sus cuerpos se movían al unísono, exigiendo y dando a la vez.

Chellie sentía la tensión creciendo dentro de ella otra vez hasta que, de pronto, cerró los ojos y dejó escapar un grito de placer. Ash emitió un gemido, apretando sus caderas con fuerza mientras su cuerpo se convulsionaba.

Después se quedaron muy quietos, uno encima del otro.

—¿Estás bien?

—Creo que me he roto en mil pedazos.

—¿Eso es todo? Entonces tendré que hacerlo mejor —sonrió Ash, besando su pelo.

Chellie hubiera deseado decir que lo quería, pero eso era imposible. Al día siguiente se marcharía de St. Hilaire y debía, al menos, intentar irse con la cabeza bien alta.

—¿Ocurre algo?

—Nada. ¿Por qué lo preguntas?

—Porque estabas relajada y, de repente...

—A lo mejor necesito dormir un ratito.

—¿Un ratito nada más? —sonrió Ash, besando su mano.

—Claro. No quiero perderme nada.

—Prometo no empezar sin ti —dijo él, apagando la lámpara.

Él se quedó dormido casi enseguida, pero Chellie no podía dormir. Allí, en las sombras estaba su futuro. Sin luz y sin esperanza. Y se sentía asustada y más sola que nunca en su vida.

Por fin se quedó dormida, pero despertó al sentir los labios de Ash sobre su piel. Aquella vez hicieron el amor despacio, casi con ternura. Era como si sus cuerpos se estuvieran diciendo adiós.

No dijeron nada. En cambio, había una intimidad de sonidos, de murmullos. Y cuando llegó el momento de la culminación, Ash la apretó contra su pecho como si no quisiera dejarla ir.

Pero lo haría, pensó Chellie. Lo haría.

El dolor del amor, aparentemente, ya había empezado. Y cuando por fin llegó el sueño, se alegró.

—Señorita Greer... *mademoiselle*. Le he traído el desayuno.

Chellie abrió los ojos y vio que Rosalie estaba al lado de la cama con una bandeja. Y que ella estaba sola.

En la almohada que había a su lado no vio la huella de una cabeza. Era como si hubiera dormido sola.

Ash se había marchado.

¿Por qué se sorprendía? Después de todo, si uno se acuesta con la hija del propietario de la casa, no era buena idea acostarse con otra mujer en su ausencia.

Y si en algún rinconcito de su corazón había esperado un milagro...

—Gracias, Rosalie.

—El señor Ash ha llamado. Tiene un billete para usted en la avioneta de las doce para Granada.

Chellie estuvo a punto de tirarse el café encima.

—¿Ha llamado? ¿Cuándo?

—Hace media hora, *mademoiselle*. También ha dicho que un coche vendrá a buscarla a las once.

—Ya veo. ¿Ha dejado algún otro mensaje?

–No, *mademoiselle*. ¿Quiere que le prepare el baño?

–No, gracias –contestó Chellie, con una sonrisa forzada–. Lo haré yo.

¿Qué había esperado? La noche anterior no iba a cambiar nada. Ash se sentía físicamente atraído por ella, nada más.

Pero la había enseñado a ser una mujer, pensó. Aunque su corazón ya no podría pertenecerle a nadie más.

No quería café, pero necesitaba la cafeína para poder soportar aquel día. No se llevaría nada, pensó. Excepto el vestido de Ash, como un recordatorio de la distancia que existe entre el sexo y el amor. Una advertencia para no confundirlos de nuevo.

No quería volver a despertar sola en una cama después de hacer el amor. Y si eso significaba pasar sola el resto de su vida, así sería.

Después de ducharse, guardó sus cosas en una bolsa... pero faltaba algo: el vestido negro. Seguramente Rosalie lo habría lavado, pensó. Daba igual, no pensaba llevárselo a Londres.

Cuando bajó al salón, Rosalie le dijo que «el señor Ash» estaba allí. En la terraza, esperándola.

–¿Quiere que le haga unos huevos revueltos?

–No, gracias.

–Está usted muy delgada, *mademoiselle*. Tiene que comer más.

–Ah, alguien dijo una vez que nunca se es ni demasiado rica ni demasiado delgada –sonrió Chellie.

Rosalie desapareció por el pasillo, mascullando algo ininteligible.

Si no hubiera tenido que bajar para recuperar el pasaporte, que dejó por la noche en el salón, se marcharía sin despedirse. Pero quizá, si no hacía ruido...

—Buenos días.

Sus esperanzas de evasión se esfumaron.

—Ah, hola. Recibí tu mensaje, pero no esperaba verte.

—Yo tampoco esperaba venir, pero ha habido un cambio de planes. Hay otra avioneta que sale antes. Si nos vamos después de desayunar...

—Estás deseando librarte de mí, ¿no?

—He reservado habitación en el club Oceanside. Me reuniré contigo en cuanto pueda. Pero antes tengo que encargarme de ciertos asuntos en St. Hilaire —siguió él, como si no lo hubiera oído.

—¿Asuntos? ¿Es así como se llama ahora a hacerle daño a la gente, a jugar con sus sentimientos?

—No sabía que estuviéramos hablando de sentimientos, pero perdona si te he ofendido. En cualquier caso, será mejor que te vayas mientras yo soluciono todo esto. Tienes que confiar en mí.

—¿Confiar en ti? ¿Para qué? Habíamos acordado que solo sería una noche. No hay más que hablar.

—Te equivocas. Lo de anoche me demostró lo que ya sabía: que estamos hechos el uno para el otro. Cariño, no puedo dejarte ir —dijo Ash entonces, tomando su mano—. Y haré lo que tenga que hacer para que podamos estar juntos. Pensé que eso era lo que tú querías. ¿Me he equivocado?

—No —dijo Chellie—. Pero sé que no se puede ser feliz a costa de la pena de otros.

—Chellie...

Ella se volvió entonces hacia la puerta.

—Creo que ese es el coche que viene a buscarme.

—No, he venido yo a buscarte. Y no espero visita.

—Vengo a ver a la señorita Greer —oyó una voz masculina.

—¡Dios mío! ¡Es Jeffrey Chilham! Pero no puede ser. ¿Cómo ha podido encontrarme?

Cornelius debía haberle dicho que no estaba allí, pero Jeffrey no aceptaba una negativa.

—No diga tonterías. Sé que ella está aquí. Y el tal Brennan también. Déjeme pasar.

—¿Quién demonios es? —preguntó Ash.

—Trabaja para mi padre.

—Ah, ya. Por supuesto, él no podía venir en persona.

—¿De qué estás hablando?

—Creo que estás a punto de enterarte.

Jeffrey Chilham entró entonces en el salón. Era un hombre alto de pelo gris y rostro amoratado.

—¡Michelle! Gracias a Dios estás a salvo. Pero tu pelo... ¿qué te ha pasado? Estás horrible.

—Jeffrey, ¿qué haces tú aquí?

—He venido para llevarte a casa, naturalmente. Pero no deberías presentarte con ese aspecto ante tu padre. Quizá, mientras te crece el pelo, podrías ponerte una peluca.

—La he llevado y no me sienta bien. ¿Cómo has sabido dónde encontrarme?

—Tenemos que darle las gracias a Brennan. Sir

Clive se siente muy agradecido, por supuesto. Pero no le ha hecho ninguna gracia que se negara a llevarla a Inglaterra, como se le pidió. Enviarme aquí ha costado dinero y tiempo, de modo que habrá una seria reducción en su nómina.

Sus palabras cayeron en un silencio tan profundo como el océano.

Chellie no podía respirar. Cuando por fin pudo hacerlo, se volvió hacia Ash.

—¿Es verdad? ¿Tú sabías quién era?

—Sí —contestó él—. Lo sabía.

—¿Y mi padre te ha pagado? ¿Te contrató?

Jeffrey Chilham soltó una carcajada.

—Naturalmente, querida. El señor Brennan y su socio son hombres de negocios. Dirigen una agencia de seguridad internacional, así pudimos encontrarte. El señor Brennan firmó un jugoso contrato con nosotros. ¿O pensabas que lo había hecho por amor?

—No —dijo ella en voz baja—. Nunca pensé eso.

—Chellie...

—Desde luego, no se puede decir que no te hayas ganado tu dinero —lo interrumpió ella. Estaba helada. Por dentro y por fuera.

—Chellie, escúchame. Iba a decírtelo. Te lo juro. Esperaba... creí que tendríamos más tiempo.

—Podrías habérmelo dicho en el barco. ¿Cuánto tiempo se tarda en decir que me has vendido?

—No es tan simple. Al principio pensé que solo era un trabajo más y firmé una cláusula de discreción en el contrato. Tu padre decía que eras una chica muy terca, que podrías negarte a venir conmigo si sabías la verdad.

–En eso tenía toda la razón –dijo ella, irónica.

–Pero enseguida me di cuenta de que no querías volver con él, que no había cariño entre vosotros. Y te entiendo, Chellie. Solo lo he visto una vez y... hablaba de ti más como si fueras un paquete perdido que como de una hija. También me dijo que no era la primera vez que te metías en un lío, que te habías acostado con todo Londres, pero que lo de Ramón era un escándalo que no pensaba tolerar.

Chellie apretó los dientes.

–¿Y tú le creíste?

–Me pagaba por encontrarte, no para hacer juicios morales. Y había leído las notas de sociedad sobre ti... todo parecía confirmar lo que me había dicho. Pero entonces te conocí y me di cuenta de que no era verdad. Eras tan inocente, que casi me rompías el corazón. Por eso me negué a llevarte a Londres. Pero sigo sin creer que sir Clive no haya venido personalmente.

–Sir Clive es un hombre muy ocupado –intervino Jeffrey–. Además, Michelle no había sido secuestrada. En ese caso, hubiera venido en persona. Pero no ha pasado nada. Michelle cometió un error, nada más.

–Parece que lo hago a menudo –murmuró ella amargamente–. ¿Por qué querías llevarme a Granada, Ash? ¿Pensabas esconderme para pedirle dinero a mi padre?

–Tú sabes que eso no es verdad –contestó él, furioso–. No quería devolverte a tu padre porque me di cuenta de que no era eso lo que tú deseabas. Es la verdad, Chellie, tienes que creerme.

–¿Por qué iba a hacerlo? Me has mentido des-

de el principio. Y yo te lo he puesto tan fácil...
Qué tonta he sido. ¿Por qué, Ash? ¿Pensaste que
mi padre tenía más dinero que el padre de tu novia?

–¿Qué novia? ¿De qué estás hablando?

–No mientas, por favor. Lo mejor será que
vuelvas al plan A y sigas saliendo con la hija del
propietario. Pero espero que ella abra los ojos
cuanto antes.

–¿La hija del propietario de qué? ¿Estás loca?

–Lo estaba, pero ya no. Y, por favor, no me to-
ques.

–¡Michelle! –intervino Jeffrey–. Estoy intentando ser paciente, pero creo entender que has tenido una relación con Brennan.

–No hemos tenido ninguna relación. Anoche
me acosté con él, nada más. Supongo que para él
ha sido como un extra.

Ash dio un paso atrás.

–No, para mí fue como estar en el cielo. Sencillamente. Chellie, tienes que escucharme. Dame
tiempo, por favor. Tengo que explicarte...

–¿Explicar qué?

–Quiero que empecemos otra vez, sin secretos, sin mentiras. Con las cartas sobre la mesa.

–¿Sabes una cosa? Si esto no fuera tan horrible, sería de risa. Pero no estoy de humor para
bromas. Jeffrey, ¿nos vamos?

–Claro que sí. Pero tendré que informar a tu padre de esto. Y usted, señor Brennan, vaya buscán-
dose otro empleo. Hoy ha hecho un mal enemigo.

–Ese es el menor de mis problemas –replicó
Ash.

Chellie se dio la vuelta, con los dientes apretados para no llorar. No iba a llorar. Volvería a Londres y empezaría a vivir de nuevo.

Una vida, pensó, sin amor. Y tendría que echar mano de todo su valor para seguir adelante.

Capítulo 10

ASQUEROSO –murmuró Jeffrey–. Terrible. No encuentro palabras para definir tu comportamiento.

–¿De verdad? –sonrió Chellie–. Qué emoción.

Jeffrey Chilham había permanecido en silencio mientras iban al aeropuerto y ella, hundida, lo agradeció porque no tenía ganas de decir nada. Pero eso no duró mucho. En cuanto el avión privado despegó, Jeffrey se dedicó a criticarla sin ahorrar insultos.

–Escaparte con un hombre... pero al menos entonces te creías enamorada. Y ahora me entero de que también te has acostado con Brennan, un tipo al que apenas conoces, un extraño. ¿No tienes vergüenza?

–Sí –contestó Chellie–. Me avergüenzo de no haberme enfrentado a mi padre hace años y de haber salido corriendo en lugar de decirle lo que pienso. ¿Qué te parece?

–Ahora me doy cuenta de que mi hermana tenía razón. Todas esas historias en los periódicos eran ciertas. Ella siempre dijo que donde hay humo hay fuego.

–Ah –sonrió Chellie, conjurando la imagen de

Elaine, toda collares de perlas–. Qué pensamiento tan original. ¿Debo entender que te retiras de «la fusión» planeada por mi padre?

–No sé de qué estás hablando.

–Sí lo sabes, Jeffrey. ¿No es por eso por lo que mi padre te ha enviado a buscarme? Pensabais que esto me habría acobardado y que me echaría en tus brazos.

–Le dije a tu padre que estaba dispuesto a olvidar tu indiscreción, sí.

–Así que te mandó para que me pisotearas mientras estaba en el suelo. Qué bien.

–Pero en vista de las circunstancias...

–Has decidido que soy un peligro. Me parece muy bien, Jeff. ¿Lo ves? Hay luz al final del túnel después de todo.

–Algún día te arrepentirás de esto, Michelle.

–Como te dije antes más delicadamente, no me casaría contigo ni aunque vinieras envuelto en oro.

–Encantador. Pero no has considerado las implicaciones de tu comportamiento. Podría tener... consecuencias.

–Posiblemente. Pero no lo creo.

–Pareces tomarte la idea de tener un hijo ilegítimo como si fuera una broma.

–No. Es que no estoy dispuesta a perder el tiempo haciendo estúpidas conjeturas. Estoy en este avión contigo solo porque he decidido volver a Inglaterra. No tiene nada que ver con la decisión de mi padre.

–Si quieres tener un techo sobre tu cabeza, tendrás que hacer lo que él te diga.

–Pienso ganarme la vida, Jeff.

–¿Cómo? No tienes un título universitario, no sabes hacer nada. Y ninguna de las empresas que hace negocios con tu padre te daría un empleo.

–Me da igual. Hay muchas empresas.

Después de eso, se dio la vuelta para mirar por la ventanilla. Pero Jeffrey tenía razón. Su padre podría ponérselo muy difícil.

Se había escapado una vez, pero no volvería a hacerlo. Ya no era la misma chica que se escapó con Ramón. Ahora sabía que solo podía depender de ella misma.

Tenía un nudo en la garganta, pero no iba a ponerse a llorar.

Y Jeffrey tenía razón al describir a Ash como un extraño. Lo era.

Al principio creyó que era Sir Galahad, pero en realidad era Judas, alguien que la había vendido por unas monedas de oro.

Debería haberlo intuido. Supo dónde encontrarla, robar su pasaporte, desembarazarse de Manuel... esas no eran las habilidades típicas de un turista. Pero no se dio cuenta porque se sentía atraída por él.

Pero pensaba enviarla a Granada... ¿Para qué? Había dicho que quería estar con ella, que quería explicarle lo que había pasado. No. No más mentiras, pensó. ¿Cómo iba a creerlo?

La verdad era que solo conocía su nombre y que hacer el amor con él había sido como... como estar en el cielo. Una experiencia única.

Pero, ¿cómo iba a creer que no mantenía una relación con la hija de Howard? Había visto su fotografía en el cajón y estaba claro que su jefe le dejaba llevar invitados a la casa porque lo consideraba prácticamente como de la familia.

Pero ya no tenía que hacer juicios sobre Ash Brennan porque Ash estaba fuera de su vida y la distancia entre ellos aumentaba con cada segundo.

Aunque su recuerdo sería imborrable. Otra cosa más con la que tendría que lidiar mientras intentaba poner en orden su vida.

Se hizo la dormida hasta que llegaron a Barbados. Un coche los esperaba en el aeropuerto para llevarlos al hotel Gold Beach Club, donde Jeffrey la informó de que pasarían la noche.

Su última noche en un hotel de lujo, pensó.

–¿Eso es lo único que llevas? –preguntó Jeffrey, señalando su bolso.

–¿No te has dado cuenta de que me gusta viajar con poco equipaje?

–Tengo otras cosas en la cabeza –replicó él–. ¿No llevas algún vestido? No puedes bajar al comedor con esa camiseta.

–Pues no tengo nada más.

Tenía el vestido de Ash, pero no pensaba ponérselo.

–Entonces pediré que nos sirvan la cena en la habitación.

–Pienso cenar en el restaurante, como todo el mundo. Pero me sentaré en otra mesa si te da vergüenza cenar conmigo.

Jeffrey se puso colorado, pero reservó mesa para dos.

–Nos veremos después... en el bar –se despidió Chellie.

Pero una vez en la habitación, la ironía desapareció. Estaba rodeada de lujo, oyendo las risas de los otros clientes en la piscina... y se sentía sola, desesperadamente sola.

¿Cómo podía Jeffrey haber pensado casarse con ella? Ni siquiera le caía bien.

Se dio una larga ducha y colgó la falda para intentar quitarle las arrugas. Al fin y al cabo, Jeffrey no era culpable de nada y no tenía por qué avergonzarlo en el restaurante... al menos, no más de lo necesario.

Después, se puso una toalla a modo de pareo y se tumbó en la cama. Era enorme. Eso le recordó otra cama, la que había compartido con Ash... durante la mejor noche de su vida.

Una noche que no se repetiría jamás.

–¿Qué voy a hacer? –musitó, angustiada.

Entonces, por primera vez, lloró por todo lo que había perdido.

Jeffrey estaba en el bar cuando bajó. Llevaba unos pantalones de lino beige y una camisa azul, tan elegante como de costumbre. Estaba tomando una bebida servida en un coco y, por su expresión, intuyó que no era la primera.

–Ah, aquí estás.

–Qué observador eres.

¿Cuántas Chellies vería?, se preguntó, casi divertida.

Cuando llegó el camarero con la carta, Chellie

pidió una ensalada César y pescado. Jeffrey eligió carne y una botella de vino tinto, sin molestarse en pedirle opinión.

El restaurante estaba lleno de gente, sobre todo chicas jóvenes con elegantes vestidos de diseño que dejaban poco a la imaginación. Y a Jeffrey tampoco le pasaron desapercibidas.

—Esa camiseta no es nada apropiada.

—Conozco a una mujer que se llama Mama Rita que opinaría lo mismo que tú.

—¿Mama Rita? No la conozco de nada.

—Ya.

—Esta noche no estás muy habladora.

—Tengo muchas cosas en qué pensar.

—¿En quién piensas, en tu amante? No te preocupes por él, no estará solo. Los hombres como él tienen mujeres en cada puerto.

—Estoy más preocupada por el futuro que por el pasado —suspiró Chellie.

—Haz lo que sabes hacer mejor —dijo Jeffrey entonces, despectivo—. Deja que te crezca el pelo y podrás hacer una fortuna... yendo de cama en cama.

La sorpresa dejó a Chellie boquiabierta.

—Y, por cierto, no me importaría ser tu primer cliente. Seguramente esta noche te vendría bien un poco de compañía.

Chellie se levantó, furiosa.

—Supongo que es el alcohol el que habla por ti. Y contestaré en el mismo estilo.

Entonces tomó la botella de vino y la vació sobre sus pantalones.

—¡Serás...! Tu padre se enterará de esto.

La gente, por supuesto, estaba pendiente de la escena.

–Sí, mi padre se enterará –sonrió Chellie–. Y dentro de nada, querido Jeffrey, te habrás quedado sin empleo.

Después se dio la vuelta y salió del restaurante.

Estaba lloviendo, se dio cuenta Chellie en cuanto salió de la oficina. Unos meses antes habría parado un taxi sin dudarlo un segundo. Pero en aquel momento buscó el paraguas y corrió hacia la parada del autobús.

Iba a llegar tarde a la comida semanal con su padre, pensó, suspirando.

Era una concesión que había hecho con desgana, después de una interminable batalla para lograr su independencia. Que, asombrosamente, había ganado.

No fue fácil volver a casa. Su padre la recibió con la calma que precedía a la tormenta. Y la tormenta no tardó en llegar.

Clive Greer no ahorró insultos, además.

–¿Te das cuenta de que he tenido que pagar una fortuna para traerte de vuelta a casa?

–Sí, lo sé.

–Y todo ese dinero para un mercenario que no ha sabido estar en su sitio. Sí, señorita, Jeffrey me lo ha contado. Me ha dicho que has perdido todo sentido de la decencia.

–Por supuesto. Tu fiel criado Jeffrey.

–No por mucho tiempo. Ha decidido retirarse antes de tiempo –dijo entonces su padre–. Así que he perdido a mi mano derecha y tengo una hija que se porta como si fuera una mujer de la calle. Estupendo, ¿verdad?

Chellie no podía decir mucho en su defensa y decidió ahorrar energías para la batalla más importante: cuando le dijera que pensaba compartir apartamento con tres chicas. Y que había encontrado un trabajo de recepcionista.

Sir Clive, naturalmente, intentó disuadirla por todos los medios. Amenazándola, intentando sobornarla, intentando que se sintiera culpable... lo intentó todo.

—Ya no soy tan joven como antes, Michelle. Y la decisión de Jeffrey ha sido un golpe muy duro para mí. Necesito tu apoyo.

—Y yo necesito vivir mi vida —insistió ella.

—¡Haz lo que te dé la gana! —gritó su padre por fin—. Pero no recibirás ni un céntimo, así que no acudas a mí cuando te encuentres durmiendo en un portal.

Había estado un mes sin saber nada de él... hasta que la llamó personalmente, no a través de su odiada secretaria.

Chellie aceptó comer con él, pensando que tendría que librar otra batalla, pero no fue así. Su padre parecía haberse convencido al fin. «Parecía», pero estaba segura de que sir Clive estaba buscando el momento adecuado.

Y casi lo encontró con Aynsbridge. A Chellie le gustaba la casa de Sussex más que nada en el mundo y, cuando su padre mencionó que iba a dar una fiesta, estuvo a punto de aceptar.

Pero entonces vio el brillo de traición en sus

ojos y se dio cuenta de la trampa. Por supuesto, su padre volvería a intentarlo una y otra vez. No tenía la menor duda.

Cuando llegó al restaurante, su padre estaba sentado a la mesa de siempre y había un sobre encima de su servilleta.

—Estás perdiendo peso —fue su saludo.

—Estoy bien. Como tres veces al día —dijo ella.

—Y estás pálida.

—El bronceado del Caribe me duró poco —intentó sonreír Chellie.

—¿Sigues en ese absurdo trabajo?

—Con eso pago el alquiler... y mis clases de canto.

Su padre frunció el ceño. Era un gesto que aterrorizaba a todos sus empleados.

—¿Sigues insistiendo en esa bobada?

—Es que me gusta cantar. Y a otras personas les gusta mi voz. Jordan, mi profesor, me ha conseguido una actuación para el sábado. Tengo que cantar en una fiesta, un cumpleaños.

—No usarás tu nombre, ¿verdad?

—No, me hago llamar Chellie —sonrió ella—. Padre, ¿por qué odias tanto la idea de que cante?

Sir Clive apartó la mirada.

—Porque alejó a tu madre de mí. Ella no fue nunca solo mi esposa, como yo quería. ¿Satisfecha?

Chellie se quedó callada un momento.

—Dicen que cuanta más libertad das a la gente, más desean estar contigo.

—¿Lo has leído en una galleta china? —replicó su padre—. ¿Y quién desea estar contigo? No será ese tal Brennan.

–No –entonces fue ella quien apartó la mirada.

–Naturalmente. Hice que lo despidieran de inmediato. Supongo que ahora lamentará haberme devuelto el dinero que le pagué.

–¿Estás diciendo que Ash te devolvió el dinero?

–Sí –contestó Sir Clive, empujando el sobre hacia ella–. Está todo aquí, en el informe que envió antes de dejar la empresa.

–¿Explica por qué lo devuelve?

–Había una nota con un arrogante comentario sobre dinero manchado, pero la rompí. ¿Quieres leer el informe, saber lo que me has costado?

–Padre... ¿en la nota me mencionaba a mí?

–No. Mejor, además. Está fuera de la empresa y fuera de tu vida. Que se atreviera a seducir a mi hija...

–No fue así, padre. Fui yo quien lo sedujo. Y no ha pasado un solo día ni una sola noche que no lo haya echado de menos. Y si estuviera aquí ahora mismo le diría que le quiero, que estoy loca por él.

Entonces se levantó de la silla, furiosa.

–¿Dónde vas?

–A buscarlo. Y espero que no sea demasiado tarde.

–Eres una loca. Y no tengo tiempo para locas, Michelle. Te perdoné una vez, pero no pienso volver a hacerlo. ¿Esto es a lo que llamas tener tu propia vida? ¿A perseguir a un hombre que no te ha dado nada, que no ha vuelto a pensar en ti desde que te fuiste de su cama?

–Te equivocas, padre. Me ha dado mucho más que eso, me ha dado la vida.

Capítulo 11

AQUÍ están los pendientes que querías –dijo Jan, entrando en la habitación de Chellie–. Oye, ¿vas a una fiesta o a un funeral? ¿Qué te pasa?

–No he tenido un buen día –contestó ella, mordiéndose los labios–. He intentado localizar a... un amigo, pero no he tenido suerte.

–Un hombre, claro.

–Sí –admitió Chellie–. ¿Cómo lo sabes?

–Porque has estado llorando. Pero no te preocupes, Lorna tiene un colirio maravilloso. Y ese vestido que llevas es para morirse.

–No me lo había puesto nunca –sonrió Chellie–. Pero esta noche... no sé, me apetecía.

–¿Quién da la fiesta?

–Angela Westlake... o, más bien, sus padres.

–Si no tienes cuidado te harás famosa –rio Jan–. Y si es así, recuerda quién te prestó estos pendientes.

Cuando su compañera salió de la habitación, Chellie se maquilló frente al espejo.

Había pensado que sería tan fácil encontrar a Ash...

Pero cuando reunió valor para llamar a la empresa de seguridad, una empleada le dijo que no daban información sobre los empleados.

Su única esperanza era llamar a Arcadie, pero la operadora le dijo que no había ningún Howard en la guía telefónica de St. Hilaire.

De modo que estaba igual que antes. No tenía dinero para contratar a un detective privado y tampoco para ir al Caribe y buscarlo ella misma.

Además, quizá estuviera equivocada. Quizá Ash había devuelto el dinero sencillamente porque quería olvidar todo el asunto.

Pero no estaba preparada para abandonar. Seguiría buscándolo. Intentaría localizar a Laurent. Laurent Massim. Eran amigos, de modo que él sabría decirle dónde estaba.

Y si él no se lo decía... entonces Ash no quería saber nada de ella. Esa sería la prueba, pensó.

Chellie miró su reloj. No tenía tiempo. Debía ir a una fiesta en la que le pagaban por cantar y ella era una profesional. O quería serlo.

Pero llamaría al día siguiente.

La fiesta, que se celebraba en una mansión en el centro de Londres, estaba en todo su esplendor cuando llegaron. Los recibió una chica alta, muy elegante.

—Tú debes de ser Jordan. Y tú Chellie. Dejad vuestros abrigos en el ropero del sótano y os enseñaré dónde vais a actuar.

—Esta noche estás muy guapa —le dijo Jordan en voz baja mientras bajaban por la escalera.

—Gracias.

–Pero tienes que cantar poniendo en ello tu alma.

–¿No lo hago siempre?

–No, a veces creo que tienes el corazón en otro sitio.

Unos minutos después, la joven los llevó al salón. Había mucha gente, pero Chellie no tuvo que competir con el ruido de las copas porque en cuanto empezó a cantar *Out of my dreams*, de la película Oklahoma, la sala quedó en silencio. Al terminar, recibió un cálido aplauso.

–Normalmente aceptamos peticiones al final de la actuación –anunció Jordan–. Pero hoy nos han pedido una canción especial y si a Chellie no le importa...

Ella se quedó helada cuando Jordan empezó a tocar las notas de *Someone to watch over me*.

No, esa canción no.

Sin embargo, tuvo que cantar. Y cuando estaba terminando la primera estrofa lo vio. Estaba apoyado en la puerta, mirándola como aquella noche. La primera vez que se vieron.

Cantó solo para él, como si no hubiera nadie más en el salón. Cuando terminó y la gente empezó a aplaudir, casi se sobresaltó.

Chellie vio entonces que Ash se marchaba. Estaba despidiéndose de la anfitriona.

No podía ser, no podía irse ahora que lo había encontrado.

–Jordan, tengo que irme. Lo siento, pero debo hablar con una persona.

Se abrió paso entre la gente, sin dejar de buscarlo con la mirada, angustiada por la idea de perderlo. Por fin, lo encontró en el pasillo.

–¡Ash! –lo llamó–. ¡Espera!

Él se volvió.

–Llevas el vestido.

–Sí. Algo me hizo ponérmelo esta noche. ¿Te importa?

–¿Cómo va a importarme? Estás tan guapa que me dejas sin aliento.

–¿A pesar de mi pelo grotesco?

–Quizá por eso –sonrió él, acariciándolo.

–Quiero hablar contigo, Ash.

–No es el mejor momento. El público te espera, cariño. Los tienes comiendo de tu mano.

–No estaba cantando para ellos. Cantaba para ti, solo para ti. ¿Por qué te marchas?

–Tengo que irme.

–¿Por qué?

–Chellie, tu voz te llevará donde quieras. Yo solo sería un estorbo.

–Si eso es lo que piensas, ¿por qué le devolviste el dinero a mi padre?

–¿Quién te lo ha dicho?

–Mi padre.

–No debería habértelo contado.

–Da igual. Y tú no vas a marcharte sin mí. Nunca más.

Él levantó una mano para acariciar su cara.

–Mi padre hizo que perdieras tu trabajo, Ash. No sabes cómo lo siento...

–Él no hizo que perdiera mi trabajo. Lo dejé yo porque quise. El tuyo... era mi último encargo. Y cuando te vi, quise dejarlo. Nada más verte me sentí perdido, atrapado en algo en lo que no creía. Sabiendo que nadie tenía que pagarme por protegerte porque habría arriesgado mi vida por ti. Era eso lo que quería decirte.

–Pero... ¿y Julie? ¿Estás enamorado de ella?

–Espero que no –sonrió Ash–. Julie es mi hermana, Chellie.

–¿Tu hermana?

–Mi padre es el propietario del Beau Rêve y de Arcadie. Pero decidí no contártelo por si acaso sumabas dos y dos. Lo que no se me ocurrió es que lo harías... y sumarías cinco.

–Entonces, ¿Howard es tu padre?

–Howard Brennan, sí.

–¿Por qué no me lo contaste, Ash?

–Porque en mi trabajo no se cuentan esas cosas, Chellie. Lo aprendí en el ejército. No se establecen relaciones con los clientes y, de esa forma, es más difícil poner en peligro sus vidas. Pero pensé que lo sabías. Tú misma lo dijiste.

–No, yo pensé que... yo hablaba de Julie. Había visto su foto en el cajón del camarote...

–El camarote de mi padre.

Chellie dejó escapar un suspiro.

–Dios mío. Ahora lo entiendo todo. Pero, ¿por qué has venido aquí esta noche si pensabas marcharte?

–No sé lo que quería. Verte, supongo. Para mí era tan necesario como respirar.

–¿Tú nos contrataste?

–Me temo que sí. Un pequeño truco. Angela Westlake es mi prima.

–Yo pensaba llamar a Laurent mañana para pedirle que me diera tu dirección o tu número de teléfono. Me he vuelto loca llamando a St. Hilaire, pero no podía encontrarte...

–Mi amor –murmuró Ash–. Tenía tanto miedo de que te hubieras casado con ese idiota de Jeffrey Chilham.

–¿Con Jeffrey? ¡Nunca! Ash, no puedo dejar de pensar en ti, no puedo seguir así...

Él la abrazó, emocionado.

–Estoy en un hotel. ¿Quieres venir conmigo?

–Donde tú digas. Mientras estemos juntos.

–Eso te lo garantizo. De hecho, no creo que pueda separarme de ti.

–Pues no lo hagas –sonrió Chellie.

–¿Y la actuación?

–No creo que Jordan vuelva a dirigirme la palabra en toda su vida. Pero me da igual.

Ash le dio la mano entonces y salieron juntos de la casa.

Había esperado una habitación decente, pero no una suite en el mejor hotel de Londres.

–¿Te gusta?

–Me gusta mucho –sonrió Chellie.

–¿Quieres mirar en los armarios?

–¿Para qué?

–Por si te apetece cambiarte de ropa –sonrió Ash.

Chellie abrió el armario y lo primero que vio fue su vestido negro.

–¿Lo tenías tú?

–Quería conservar algo tuyo. Para recordarte.

–Me lo pondré cuando tú quieras –murmuró

ella, dejando caer al suelo su vestido–. ¿Quieres que me lo ponga ahora?

Ash la miró, sin poder disimular el deseo.

–Ahora no quiero que te pongas nada.

Pasó una hora antes de que Chellie se moviera, exhausta y satisfecha.

–Así que no ha sido mi imaginación. Estás aquí.

–Soy real –sonrió Ash–. Dame unos minutos y te lo probaré. Otra vez.

–¿Sabes que estaba nerviosa? Es ridículo, ¿verdad?

–No, yo también estaba nervioso.

–¿Quieres fumarte un puro? Como lo haces cuando estás estresado...

–He dejado de fumar. Si voy a tener una familia, debo estar preparado.

–Ah, ¿eso es lo que quieres?

–Sí. Pero ahora me pregunto si estoy siendo injusto.

–¿Por qué?

–Chellie, tienes un talento increíble como cantante. He visto cómo reaccionaba la gente esta noche al oír tu voz. ¿Cómo puedo robarte eso?

Chellie sonrió, encantada y feliz.

–Tú eres todo lo que quiero. Aunque cantando gano un dinero que nos vendría bien. Si estás sin trabajo...

Ash soltó una carcajada.

–No le digas a mi padre que estoy sin trabajo. Él cree que soy su socio en un negocio de vuelos charter.

–Ah, entonces no tienes ningún problema.

–No lo he tenido nunca. Pero ahora lo que quiero es tiempo para conocerte, es lo único que me importa. Los dos solos, sin secretos, sin medias verdades.

–Suena maravilloso –sonrió Chellie.

–Mi padre ha comprado un barco nuevo. Está atracado en Bahamas y quiere que haga un viaje para probarlo. ¿Te apetece?

Ella dejó escapar un suspiro.

–Suena de maravilla. Por cierto, ¿sabes que he aprendido a cocinar?

–¿De verdad? Estoy impresionado. El único problema es tu padre. No le va a hacer ninguna gracia.

–Cuanta más libertad le das a la gente, más desea volver a ti. Él no ha aprendido eso todavía, pero ya aprenderá –suspiró Chellie–. O eso espero.

–Yo también espero muchas cosas. Y sueño. Y en cada uno de mis sueños estás tú –murmuró Ash.

Ella lo abrazó, apretándose contra su corazón.

–Vamos a hacer realidad todos nuestros sueños, cariño. Tú y yo, juntos. Y ahora, si quieres, podemos pedir champán.

Pero Ash no pensaba soltarla.

–Más tarde, amor mío.

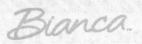

El oscuro caballero estaba preparado para tomar la inocencia de la dama

El desalmado y desheredado Zakahr Belenki se había abierto camino desde los bajos fondos de Rusia movido por un único objetivo: destruir la Casa Kolovsky, la famosa firma de moda propiedad de la familia que lo había abandonado. Lo único que se interponía en su venganza era su nueva secretaria, Lavinia, cuya refrescante sinceridad, descaro y pasión por el trabajo no solo removían peligrosamente la conciencia de Zakahr... sino también su deseo.

El diablo se viste de Kolovsky

Carol Marinelli

Acepte 2 de nuestras mejores novelas de amor GRATIS

¡Y reciba un regalo sorpresa!

Oferta especial de tiempo limitado

Rellene el cupón y envíelo a
Harlequin Reader Service®
3010 Walden Ave.
P.O. Box 1867
Buffalo, N.Y. 14240-1867

¡Sí! Por favor, envíenme 2 novelas de amor de Harlequin (1 Bianca® y 1 Deseo®) gratis, más el regalo sorpresa. Luego remítanme 4 novelas nuevas todos los meses, las cuales recibiré mucho antes de que aparezcan en librerías, y factúrenme al bajo precio de $3,24 cada una, más $0,25 por envío e impuesto de ventas, si corresponde*. Este es el precio total, y es un ahorro de casi el 20% sobre el precio de portada. !Una oferta excelente! Entiendo que el hecho de aceptar estos libros y el regalo no me obliga en forma alguna a la compra de libros adicionales. Y también que puedo devolver cualquier envío y cancelar en cualquier momento. Aún si decido no comprar ningún otro libro de Harlequin, los 2 libros gratis y el regalo sorpresa son míos para siempre.

416 LBN DU7N

Nombre y apellido	(Por favor, letra de molde)	
Dirección	Apartamento No.	
Ciudad	Estado	Zona postal

Esta oferta se limita a un pedido por hogar y no está disponible para los subscriptores actuales de Deseo® y Bianca®.
*Los términos y precios quedan sujetos a cambios sin aviso previo.
Impuestos de ventas aplican en N.Y.

SPN-03   ©2003 Harlequin Enterprises Limited

Deseo

EMILY McKAY

SU ÚNICO DESEO

Tras haber dedicado toda su vida a la compañía familiar, Dalton Cain no pensaba dejar que su padre regalase su fortuna al Estado. Tendría el legado que le correspondía y Laney Fortino podía ayudarlo, pero no sería fácil que volviese a confiar en él, porque seguía considerándolo un arrogante insoportable.

SU MAYOR AMBICIÓN

Noche tras noche, los pecaminosos juegos de Griffin Cain convirtieron a la seria y conservadora Sydney Edwards en una mujer voluptuosa, pero todo eso terminó cuando Griffin pasó a ser su jefe.

Ella siguió ayudándolo en la sala de juntas... aunque Griffin en realidad la quería en su cama.

¡YA EN TU PUNTO DE VENTA!

Bianca

Una vez es un error, dos se convierte en hábito

La hija de la doncella, Mia Gardiner, sabía que lo que sentía por el multimillonario Carlos O'Connor era una locura... hasta el día que llamó la atención del implacable playboy. Mia era ahora mayor y más sabia, pero no había olvidado la sensación de sus caricias. Y, entonces, como un huracán, Carlos volvió a aparecer...

La niña que él conoció era ahora una mujer elegante y sofisticada. Carlos estaba decidido a reavivar su apasionado pasado, pero la resistencia de Mia provocó que le hirviera la sangre. No estaba dispuesto a aceptar una negativa por respuesta, así que utilizó la última carta que le quedaba en la manga: salvar la empresa de Mia a cambio de pasar noches interminables en su cama.

El retorno de su pasado

Lindsay Armstrong

¡YA EN TU PUNTO DE VENTA!